Lúcia dos Santos

os 50 SANTOS *mais venerados*

SUAS HISTÓRIAS E ORAÇÕES:
Santa Rita de Cássia, Santo Expedito,
São Judas Tadeu e muitos outros

petra

Editora Nova Fronteira Participações S.A.
Rua Nova Jerusalém, 345 – Bonsucesso – 21042-235
Rio de Janeiro – RJ – Brasil
Tel.: (21) 3882-8200 – Fax: (21)3882-8212/8313

CIP-Brasil. Catalogação na Fonte
Sindicato Nacional dos Editores de Livros, RJ

Os 50 santos mais venerados : suas histórias e orações: Santa Rita de Cássia, Santo Expedito, São Judas Tadeu e muitos outros / Lúcia dos Santos - Rio de Janeiro : Petra, 2015.

ISBN 978.85.220.2999-0

1. Santos cristãos - Biografia I. Título.

CDD: 28.092

Sumário

Palavras iniciais

É senso comum que os santos foram pessoas que viveram de modo exemplar e, como recompensa, encontram-se agora ao lado de Deus. E uma vez que passaram pela Terra e conheceram os martírios e as dores da vida mundana, são capazes de sensibilizar-se com os nossos problemas e interceder por nós junto a Deus Pai Todo-Poderoso. Essas pessoas, que foram santificadas, tiveram de enfrentar algum tipo de provação quando estavam vivas, manifestaram dons e muitas delas realizaram milagres em vida. E, por causa disso, nós rezamos para elas e lhes pedimos ajuda, pois são mediadoras entre nós e Jesus Cristo.

Ninguém, a não ser Jesus Cristo, pode ser mediador entre Deus e os homens, e apenas Jesus pode nos salvar e nos dar a vida eterna. Essa é a fé da Igreja Católica. Jesus Cristo, sendo Deus, é uno com o Pai, e sendo homem, representa a humanidade que necessita reconciliar-se com Deus. A mediação de Cristo é única e insubstituível e continuará até o fim dos tempos. Os santos, porém, são discípulos de Jesus, que cooperam com sua obra redentora. Eles são nossos mediadores porque estão em Cristo e são unos com ele.

O processo pelo qual a Igreja Católica determina quem é santo chama-se canonização. Tal processo é iniciado somente, pelo menos, cinco anos depois de a pessoa ter morrido, quando se instala uma investigação oficial sobre a vida e a obra do candidato a fim de certificar se sua reputação de santidade fundamenta-se na verdade. Somente aqueles canonizados pelo santo papa podem ser chamados realmente de santos.

A Congregação pelas Causas dos Santos é um dos ministérios da Santa Sé que supervisiona a canonização. Antigamente, este processo era mais extenso e minucioso do que é hoje. Havia muitos bloqueios estrategicamente colocados no caminho da santidade, mas o propósito disso era assegurar que nenhum indivíduo fosse indevidamente honrado com a canonização. Recentemente, isso foi bastante agilizado. O papa João Paulo II beatificou e canonizou mais indivíduos do que todos os outros papas juntos no século XX.

Após a canonização, o nome da pessoa é acrescentado à lista de santos e é determinado o dia no qual ela será honrada na celebração da Santa Missa. Alguns são indicados como intercessores especiais junto a Deus em benefício de determinadas causas ou de grupos de pessoas, sendo chamados de santos padroeiros.

Neste livro, você encontrará um pouco da história dos 50 santos mais venerados e suas respectivas orações. Utilize o exemplo de vida deles para aproximar-se do amor divino e ter uma vida mais serena e feliz.

Santo Agostinho

Bispo, doutor da Igreja
Comemoração: 28 de agosto

Depois de Jesus Cristo e de São Paulo, é difícil encontrar um líder espiritual que tenha conseguido exercer maior influência entre os católicos do que esse aclamado santo.

Extremamente inteligente e com enorme domínio da palavra, ele deixou 400 sermões escritos, dos quais mestres religiosos de todos os tempos tiraram e continuam tirando preciosos ensinamentos.

Nascido em Tagaste, norte da África, tendo como pai um pagão e como mãe a fervorosa santa Mônica, Agostinho era um menino muito inquieto. E ainda que possuísse uma inteligência invejável e uma memória incomparável, era preciso castigá-lo para que estudasse, pois gostava mesmo de jogos e diversão. Seus pais o mandaram estudar em Cartago, mas ele se deixou levar pelas más companhias. Seu comportamento e sua moralidade deixavam a desejar, mas ele era imbatível nas discussões acadêmicas.

Ao saber de pessoas que abandonavam a vida mundana para viver na santidade, ele se questionava: «O que me impede de dar esse passo?» Certa vez, ao chegar a casa, ouviu crianças na casa vizinha brincando e gritando «Abre e lê! Abre e lê!» Como ele não se lembrava de nenhum jogo de criança com tal frase, considerou que aquilo fosse um aviso de Deus e abriu o primeiro livro que encontrou pela frente. Era a santa Bíblia. E nela, no capítulo 13 da Carta de São Paulo aos Romanos, no versículo 13, ele leu o seguinte: «Portemo-nos como quem está nas trevas e na escuridão e não como quem trabalha em pleno dia e a plena luz. Comportemo-nos da maneira mais digna possível. Nada de impurezas nem de vícios ou de excessos, não nos deixemos levar pela carne e pela concupiscência». Ao ler isso, começou a chorar e se deu conta de que fazia tudo ao contrário do que acabara de ler; que precisava começar uma vida nova. Ele estava com 32 anos. E desde então, pelos próximos 40 anos, viveu em surpreendente santidade.

Um ano depois, Agostinho recebeu solenemente o batismo pelo arcebispo de Milão, santo Ambrósio. Nesse dia, sua mãe realizou seu maior desejo — a conversão de seu filho — e pôde partir desta vida em paz.

Ao voltar para a África, Agostinho foi ordenado sacerdote, nomeado orador do bispo de Hipona e, depois que este morreu, aclamado bispo pela população, pois ele tinha a rara qualidade de se fazer amar por todos. Com a eloquência de seus sermões e o brilhantismo de seus escritos, Agostinho lutou contra os hereges, vencendo-os sempre.

Deixou muitos escritos, mas o livro que se tornou famoso em todo o mundo foi o que ele escreveu após converter-se ao catolicismo, chamado *Confissões*. A leitura de *As Confissões de Santo Agostinho* tem convertido muitos pecadores.

Morreu aos 72 anos, gozando da fama de sábio, antes que sua cidade caísse nas mãos dos bárbaros que a estavam atacando.

Oração

Onipotente e misericordioso Deus, que destes a Agostinho a graça da santidade e o dom da inteligência a serviço do Evangelho, fazei com que eu também saiba converter todos os meus dias e horas em ocasiões para servir e amar, dando testemunho da vossa verdade. Por nosso Senhor Jesus Cristo, amém.

Santo Antônio

Doutor da Igreja
Comemoração: 13 de junho

Santo Antônio de Pádua ou Santo Antônio de Lisboa, nasceu em Lisboa no ano de 1195 com o nome de Fernando de Bulhões y Taveira de Azevedo, e é contemporâneo de São Francisco de Assis. Conhecido como "santo casamenteiro", ele também é invocado para restituir objetos perdidos.

Era cônego em Portugal, mas ao saber que cinco franciscanos tinham sido martirizados em Marrocos por tentarem evangelizar infiéis, decidiu tornar-se um missionário e entrou para a ordem dos frades franciscanos.

Enviado para trabalhar entre os muçulmanos de Marrocos, ele logo teve de voltar para a Europa por problemas de saúde, ficando num eremitério na Itália.

No combate à heresia, ele não se valia apenas da palavra, mas o fazia também por meio de milagres. Seu sermão mais veemente aconteceu em 1231, no mesmo ano em que ele, acometido de uma doença inesperada, veio a falecer no dia 13 de junho, aos 36 anos.

Conta-se que um descrente pediu ao santo que lhe provasse, através de um milagre, que Jesus estava na santa hóstia. O homem deixou uma mula sem comer por três dias e a levou à porta do templo. Lá, de um lado, havia um canteiro de pasto fresco e, do outro, santo Antônio com uma hóstia consagrada na mão. Então, a mula foi em direção à santa hóstia e ajoelhou-se.

Sabe-se que santo Antônio era devoto do Menino Jesus, e conta-se que ele teve uma visão na qual conseguiu contemplar Cristo, quando este ainda era criança.

Santo Antônio foi canonizado por Gregório XI, um ano depois de sua morte. Mais tarde, Pio XII declarou-o "Doutor da Igreja".

Oração para os namorados

Santo Antônio, que és o protetor dos enamorados, olha para mim, para a minha vida, para os meus anseios. Defende-me dos perigos, afasta de mim os fracassos, as desilusões e os desencantos. Faze que eu seja realista, confiante, digna e alegre. Que eu encontre um amor que me agrade, seja trabalhador, virtuoso e responsável.

Que eu saiba caminhar para o futuro e para a vida a dois com as disposições de quem recebeu de Deus uma vocação sagrada e um dever social. Que meu amor seja feliz e sem medidas. Que todos os enamorados busquem a mútua compreensão, a comunhão de vida e o crescimento na fé. Assim seja.

Oração para obtenção de graças

Glorioso santo Antônio, que tivestes a sublime dita de abraçar e afagar o Menino Jesus, alcançai-me deste mesmo Jesus a graça que vos peço e vos imploro do fundo do meu coração [pede-se a graça]. *Vós que tendes sido tão bondoso para com os pecadores, não olheis para os pecados de quem vos implora, mas antes fazei valer o vosso grande prestígio junto a Deus para atender o meu insistente pedido. Amém.*

Beato frei Antônio de Sant'Anna Galvão

Confessor

Comemoração: 25 de outubro

Frei Antônio de Sant'Anna Galvão, que pertencia a uma rica família de Guaratinguetá, interior do estado de São Paulo, renunciou à riqueza e ingressou na Ordem Franciscana. Sua família era descendente dos primeiros povoadores da capitania e dos bandeirantes, e ele chegou até mesmo a ser chamado de «o bandeirante de Cristo» por causa da grandeza, do arrojo e da fortaleza de sua alma.

Em 1774, com madre Helena Maria do Espírito Santo, fundou o Mosteiro Concepcionista de Nossa Senhora da Luz, na cidade de São Paulo. Lá, ele não somente formou e conduziu as religiosas de acordo com os preceitos franciscanos e concepcionistas, como também ajudou a construir o mosteiro ao longo de quase 50 anos de continuados esforços. Desse mosteiro, ele foi o arquiteto, o engenheiro, o mestre de obras e, muitas vezes, o operário. Incansável, ele pedia esmolas para a magnífica construção.

Morreu em 1822, aos 83 anos, e foi beatificado em 1998. Sua sepultura se encontra na capela do mosteiro e até hoje é visitada por multidões em busca de graças e de milagres.

O Mosteiro da Luz também é muito procurado por causa das famosas e prodigiosas «pílulas do frei Galvão». Conta-se que, certo dia, o frei foi procurado por um homem muito aflito, pois sua mulher, que estava em trabalho de parto, corria o risco de perder a vida. Então, frei Galvão escreveu o versículo do Ofício da Santíssima Virgem em três papeizinhos (*Dei Genitrix intercede pro nobis*— Mãe de Deus, rogai por nós),dobrou-os em forma de pílula e deu-os ao homem que, por sua vez, os levou à esposa. Esta, depois de ingerir as "pílulas", teve seu filho normalmente. E é por causa de inúmeros relatos como este que os milagrosos papeizinhos ficaram famosos. Até hoje, os devotos de frei Galvão podem obter as "pílulas" no Mosteiro da Luz.

Oração

Ó Deus, que inspirastes ao beato frei Antônio de Sant`Anna Galvão extraordinária caridade com os enfermos, os aflitos e os escravos de sua época no Brasil, dai-me o vosso espírito de amor para que eu saiba suportar com paciência meus sofrimentos. Intercedei junto a Jesus Cristo, que tanto amastes, para [fazer o pedido]. *Neste momento de dor, não deixe que me faltem força e coragem para suportar a doença e fortalecei meu ânimo a fim de que, passando pelo sofrimento, eu me purifique de meus pecados e também possa ajudar meus irmãos mais necessitados. Amém.*

Santa Bárbara

Virgem e mártir
Comemoração: 4 de dezembro

Bárbara era filha de um rico funcionário do império romano que a manteve presa em uma torre para preservá-la do mundo. Ela rejeitou uma proposta de casamento que o pai lhe arrumara e aproveitou-se de uma viagem dele para converter-se ao cristianismo.

A conversão foi motivo para que o pai a entregasse ao prefeito da província em que viviam, que a martirizou. Mas as feridas de Bárbara sempre se curavam. Enraivecido, o pai pediu ao tribunal que ela fosse decapitada, e ele mesmo quis fazê-lo. Porém, assim que cortou a cabeça da filha, um raio o atingiu e ele morreu carbonizado. Por isso, Santa Bárbara é considerada a padroeira dos bombeiros e chamada para proteger contra raios e trovões.

Muitos doentes foram curados na sepultura de Santa Bárbara, que foi enterrada por um homem piedoso, e outras tantas pessoas que rezaram em sua sepultura receberam consolo.

Oração

Santa Bárbara, sois mais forte que a violência dos furacões e que o poder das fortalezas. Fazei que os raios não me atinjam e os trovões não me assustem. Ficai sempre ao meu lado, para que eu possa enfrentar de fronte erguida e rosto sereno todas as tempestades e batalhas de minha vida, para que, vencedor de todas as lutas, com a consciência do dever cumprido, possa agradecer a vós, minha protetora, e render graças a Deus, criador do céu, da terra e da natureza. Esse Deus que tem o poder de dominar o furor das tempestades e abrandar a crueldade das guerras. Ficai sempre comigo para me dar forças. Conservai meu coração em paz. Que em todas as lutas da vida eu saiba vencer sem humilhar ninguém. Santa Bárbara, minha protetora, ensinai-me a louvar a Deus do fundo do meu coração. Intercedei junto a ele, quando eu me encontrar em meio à tempes-

tade. Alcançai-me dele, para todos nós, a proteção nos perigos. E alcançai, para todo o mundo, a paz, fazendo desaparecer todo o rancor e toda a guerra. Santa Bárbara,rogai por nós e pela paz dos corações, das famílias, das comunidades, das nações e do mundo inteiro. Amém.

São Benedito

Protetor dos negros
Comemoração: 5 de outubro

São Benedito nasceu na Sicília, Itália. Pobre, filho de descendentes de escravos etíopes que, depois de libertados, adotaram o sobrenome de seus antigos senhores, ele foi pastor de ovelhas e lavrador.

O mouro, como era chamado, aos 18 anos decidiu consagrar-se ao Senhor, mas somente aos 21 anos foi chamado por um monge para viver entre os Irmãos Eremitas de São Francisco de Assis, quando fez votos de pobreza, obediência e castidade. Ele fazia muitos sacrifícios, como andar descalço e dormir no chão sem cobertas, por exemplo, e era procurado por muitas pessoas em busca de conselhos e de orações.

Tempos depois, obrigado a mudar-se para o Convento dos Capuchinhos, serviu humildemente como cozinheiro até que, por sua santidade, prudência e sabedoria, apesar de ser analfabeto, foi escolhido para ocupar o posto de superior do mosteiro. E, com toda sua sapiência e humildade, serviu como superior e, depois, retornou à cozinha, reassumindo com alegria a modesta função de cozinheiro.

Caridoso, sempre que podia ele apanhava alimentos no mosteiro, escondia-os nas dobras de seu manto e os levava aos necessitados. Conta-se que certa vez, ao ser surpreendido fazendo isso, alegou ao seu superior que levava rosas. E, milagrosamente, os alimentos que estavam escondidos no manto se transformaram em um buquê de rosas, para o espanto do superior do mosteiro.

Ele morreu em Palermo, Itália, no dia 4 de abril de 1589. Seu culto é dos mais populares no Brasil.

Oração

São Benedito, filho de escravos, que encontrastes a verdadeira liberdade servindo a Deus e aos irmãos, independentemente de raça e de cor, livrai-me de toda a escravidão, venha ela dos homens ou dos vícios, e ajudai-me a desalojar de meu coração toda a segregação e a reconhecer todos os homens por meus irmãos. São Benedito, amigo de Deus e dos homens, concedei-me a graça que vos peço do coração (pede-se a graça). *Por Jesus Cristo, Nosso Senhor, amém.*

São Bento

Abade
Patrono da Europa
Comemoração: 11 de julho

São Bento, o patriarca dos monges do ocidente, nasceu por volta do ano 480 na província de Núrsia, Itália, de família nobre e com sólida formação cristã, mas renunciou os estudos superiores, escandalizado com a vida imoral que encontrou em Roma. Seu lema *ora et labora* (reza e trabalha) constitui um desafio e um modelo de santidade perfeita.

Durante a vida, São Bento, que tinha o dom da profecia, construiu mosteiros, curou doentes, ressuscitou mortos, enfrentou tiranos e fundou a Ordem Beneditina.

Em sua marcha à solidão, passou um tempo refugiado em uma cova rochosa e, depois de vencer uma forte tentação carnal, voltou a viver em comunidade. Foi eleito abade de um monastério e fundou vários outros nas proximidades, nos quais combinava oração e trabalhos manuais. Alguns monges, revoltados com a austeridade com que ele conduzia o monastério, tentaram envenená-lo com vinho, mas ele abençoou a bebida, e a taça de cristal que a continha se quebrou. Depois desse incidente, decidiu ir para outro lugar, mas teve novas provações. Então, entendeu que as limitações de um monge e de sua comunidade formavam parte do plano de Deus para a santificação e introduziu o voto de estabilidade, que liga para sempre o monge a um monastério, impedindo-o de sonhar com o "monastério perfeito". "Se eu estivesse em outro lugar...", "Se eu tivesse outro abade...". Ele achava que essas conjecturas eram perda de tempo, e que o que se tem é o melhor e a única coisa necessária para sua santificação.

Sabe-se que morreu consciente, pois sabia a hora em que seria chamado, tanto que mandou preparar seu túmulo seis dias antes. Doente e com o corpo abatido pelas penitências, dirigiu-se à Celebração Eucarística numa quinta-feira santa, comungou e morreu em pé, sustentado por seus discípulos. Ele, merecidamente, recebeu o título de patrono da Europa.

Oração para alcançar alguma graça

Ó glorioso Patriarca São Bento, que vos mostrastes sempre compassivo com os necessitados, fazei que também nós, recorrendo à vossa poderosa intercessão, obtenhamos auxílio em todas as nossas aflições; que nas famílias reine a paz e a tranquilidade; que se afastem de nós todas as desgraças tanto corporais como espirituais, especialmente o mal do pecado. Alcançai do Senhor a graça [pede-se a graça] *que vos suplicamos e, finalmente, vos pedimos que ao término de nossa vida terrestre possamos ir louvar a Deus convosco no paraíso. Amém.*

São Bernardo

Doutor da Igreja

Comemoração: 20 de agosto

Pode-se dizer que poucos indivíduos tiveram uma personalidade tão impactante e atraente como Bernardo. Era amável, simpático, inteligente, vivaz, brilhante, bondoso, alegre, com um físico vigoroso e atraente, características consideradas um perigo para sua santidade e castidade. Durante algum tempo, foi um pouco inclinado à vida mundana, mas só se desiludia com o mundo dos prazeres.

Em uma noite de Natal, durante a celebração das cerimônias religiosas, ele teve uma visão do Menino Jesus nos braços da Virgem Maria, em que a santa Mãe lhe oferecia seu Filho para que ele o amasse e fizesse dele um ser muito amado pelos demais.

Desde que teve a visão, Bernardo passou a consagrar-se à religião e ao apostolado. No seminário dos monges beneditinos, seu pedido de admissão foi visto com grande alegria, pois há 15 anos não chegavam lá novos religiosos. Mas tanto sua família quanto seus amigos tentaram dissuadi-lo da decisão de tornar-se um religioso. Então, revelou-se em Bernardo um surpreendente poder para convencer aos demais e ele começou a falar das vantagens da vida religiosa. E foi tão maravilhosamente convincente que, aos 22 anos, quando foi para o seminário, conseguiu levar consigo seus quatro irmãos mais velhos, seu tio e quase todos os jovens da redondeza. Depois, seu pai, seu irmão caçula, sua irmã e seu cunhado foram, um por um, ingressando na vida religiosa.

Aos 25 anos, com apenas três de vida religiosa, foi designado para fundar um novo seminário (Claraval) em uma localidade extremamente árida, mas ele soube infundir de tal forma o fervor e o entusiasmo a seus religiosos que, tendo começado com apenas 20 companheiros, em poucos anos tinha 130 religiosos, dos quais saíram monges para fundar outros 63 seminários.

Durante sua vida, fundou mais de 300 seminários. Era chamado de "caçador de almas".

Seu imenso amor a Deus e à Virgem Maria e seu desejo de salvar almas o levavam a estudar por horas cada sermão que faria. Entre todos os pregadores católicos, talvez nenhum tenha falado com tanto amor e carinho da Virgem Maria como o fez Bernardo. Foi ele quem compôs as últimas palavras da oração Salve Rainha: "Ó clemente, ó piedosa, ó doce Virgem Maria». E repetia a bela oração que diz: «Recorda-te, ó santa Mãe, que jamais se ouviu dizer que alguém tenha acudido a ti sem ter recebido teu auxílio».

Em Claraval, certa vez, um homem muito bem preparado pediu para ser admitido, e para provar suas virtudes dedicou-se, nas primeiras semanas, a transportar carvão, fazendo-o de muito boa-vontade. Este homem chegou a ser monge algum tempo depois e, mais tarde, foi nomeado sumo pontífice. Tratava-se do papa Honório III.

São Bernardo, o grande pregador, enamorado de Cristo e da Mãe Santíssima, morreu aos 63 anos, em 20 de agosto de 1153, e foi declarado doutor da Igreja.

Oração

> *Bendito sejais, Deus, que concedestes inumeráveis graças a São Bernardo, fazendo-o firme instrumento das coisas do céu e fundador da Ordem dos Cistercienses. Concedei-nos, por sua intercessão, a graça que vos pedimos* (pede-se a graça). *Por Jesus e Maria, amém.*

São Brás

Mártir

Comemoração: 3 de fevereiro

São Brás pertencia a uma família nobre e teve educação cristã. A princípio, valia-se do poder de influência que lhe dava o *status* de médico exemplar para falar de Jesus Cristo a seus pacientes e, assim, conseguir adeptos para o cristianismo. E o povo, ao conhecer sua santidade, o elegeu bispo.

Quando da perseguição aos cristãos, ele, por inspiração divina, retirou-se para uma cova nas montanhas, frequentada por feras selvagens, às quais curava quando estavam doentes.

Certa vez, uns caçadores foram em busca desses animais para as apresentações no anfiteatro e São Brás espantou as feras, evitando que fossem caçadas. Mas os caçadores, por vingança, levaram-no às autoridades, que mandaram açoitá-lo e torturá-lo até que negasse a sua fé. Ele, porém, se manteve firme em suas convicções, o que implicou na ordem para que fosse decapitado. Enquanto ele era conduzido ao lugar de seu martírio, uma mulher ajoelhou-se ao vê-lo passar e apresentou-lhe seu filho que estava agonizando, engasgado com uma espinha de peixe. São Brás colocou as mãos sobre a cabeça do menino, rezou por ele e, imediatamente, a espinha desapareceu e a criança ficou boa. Por isso, ele ficou conhecido como protetor da garganta.

Durante seu período de cativeiro, São Brás recebeu de presente duas velas, com as quais conseguia ter luz e calor; por isso ele é representado portando duas velas. Depois de sua morte, muitos milagres começaram a acontecer sob sua intercessão. São Brás se tornou tão popular que só na Itália chegou a ter 35 templos dedicados a ele, e a Armênia, seu país, tornou-se cristã poucos anos depois de seu martírio.

Até hoje, no dia 3 de fevereiro, ocorre a "Bênção de São Brás" ou "Bênção das gargantas", que é feita cruzando-se duas velas sobre a garganta e dizendo: "Pela intercessão de São Brás, Deus te livre dos males da garganta". E quando uma criança tiver algum problema na garganta, deve-se cruzar as velas consagradas na garganta dela e dizer: "A sua bênção, São Brás".

Oração

Senhor, pelos méritos de São Brás, peço-vos por minha saúde e, especialmente, que me liberteis dos males da garganta. Rogo-vos, também, por minha vida espiritual. Liberta-me da preguiça na oração, pois é a única maneira de manter-me sempre unido a Deus. São Brás, rogai por nós. Amém.

Santa Catarina de Alexandria

Virgem e mártir

Comemoração: 25 de novembro

Catarina de Alexandria nasceu de família nobre, estudou muito e, quando tinha 18 anos, apresentou-se ao imperador romano Maximus, que perseguia violentamente os cristãos.

A coragem da jovem fez o imperador reunir vários sábios, a fim de fazê-la abandonar sua fé, mas ela, muito eloquente, saía vitoriosa nos debates, chegando a converter ao cristianismo alguns de seus opositores, que foram sentenciados à morte.

Furioso por ter sido derrotado em seu intento, o imperador mandou prender Catarina. Então, a imperatriz, curiosa por conhecer a jovem que desafiava seu marido, foi visitá-la na prisão, acompanhada de Porfírio, um chefe de tropas, e ambos foram convertidos por Catarina, sendo também martirizados.

Condenada à morte na roda de tortura, Catarina, ao se encostar nesta, a fez partir e matar vários pagãos que estavam na assistência. O imperador, então, ordenou que ela fosse decapitada. Depois de sua morte, sabe-se que anjos desceram dos céus e levaram seu corpo para o Monte Sinai, onde, posteriormente, foram construídos uma igreja e um mosteiro em sua honra.

O fato de ter vencido o debate com os sábios fez Santa Catarina de Alexandria ser declarada padroeira dos estudantes.

Oração

Santa Catarina de Alexandria, que tivestes uma inteligência abençoada por Deus, abre a minha inteligência, faze entrar na minha cabeça as matérias de aula, dá-me clareza e calma na hora dos exames, para que possa ser aprovado. Eu quero aprender sempre mais, não por vaidade, nem só para agradar aos meus familiares e professores, mas para ser útil a mim mesmo, à minha família, à sociedade e à minha Pátria. Santa Catarina de Alexandria, conto contigo. Conta também tu comigo. Eu quero ser um bom cristão para merecer a tua proteção. Amém.

Santa Catarina de Sena

Doutora da Igreja
Comemoração: 29 de abril

Catarina de Sena nasceu em Sena, Itália, em 25 de março de 1347. A mais jovem de uma prole de 20 irmãos, Catarina, desde pequena, tinha visões e, mesmo sob oposição familiar, fazia penitências. Aos sete anos consagrou sua virgindade a Cristo e aos 16 tomou o hábito da Terceira Ordem Dominicana. Sempre doente, ela praticamente não se alimentava, à exceção do Santíssimo Sacramento.

Catarina tinha um grupo de seguidores que a acompanhava em suas inúmeras viagens, sendo ela responsável por muitas conversões. Mesmo sem saber escrever, ditou mais de 350 cartas e o livro *Diálogos*, em que a vida espiritual do homem é tratada na forma de uma série de colóquios entre o Pai Eterno e a alma humana.

Em seus últimos anos de sua vida, quando o papado estava em Avignon, e a Cúria sofria influências francesas, Catarina juntou-se às pessoas que clamavam pela volta do papa Gregório XI a Roma. E em 17 de janeiro de 1377, quando o papa partiu de volta para Roma pelo mar, ela e seus seguidores iniciaram o mesmo trajeto por terra.

Após a morte de Gregório XI, Catarina foi convidada pelo papa romano para ajudá-lo na empreitada pelo reconhecimento, por parte dos governantes e cardeais europeus, da legitimidade do papa Urbano VI, pois tinham colocado um papa rival em Avignon. Então, ela foi para Roma e, dois anos depois, em 29 de abril de 1380, morreu vítima de um derrame. Sua cabeça está em Sena, onde se mantém sua casa, e seu corpo está em Roma, na Igreja de Santa Maria Sopra Minerva. Ela foi canonizada pelo papa Pio II, em 1461, e declarada doutora de Igreja, em 1970.

Oração

Ó Deus, que marcastes pela vossa doutrina a vida de santa Catarina de Sena, concedei-nos, por sua intercessão, que sejamos fiéis à mesma doutrina, e a proclamemos em nossas ações. Por Nosso Senhor Jesus Cristo, vosso filho, na unidade do Espírito Santo. Amém.

Santa Cecília

Virgem e mártir
Padroeira dos músicos
Comemoração: 22 de novembro

Santa Cecília tem sido venerada pela Igreja Católica há mais de mil anos. Uma antiga tradição diz que ela pertencia a uma das principais famílias de Roma, que costumava vestir una túnica de tecido muito áspero e que havia consagrado sua virgindade a Deus.

Seus pais a tinham prometido em matrimônio, mas ela disse que havia feito voto de virgindade e que se o pretendente quisesse casar-se com ela assim mesmo, deveria tornar-se cristão. Valeriano, o pretendente, foi batizado. Logo, ele e Cecília convenceram o irmão dele a também tornar-se cristão.

É relatado em histórias antigas que Cecília via seu anjo de guarda.

Naquela época, cristãos não podiam ser sepultados, mas Valeriano e seu irmão sepultavam todos os cadáveres de cristãos que encontravam. Por esse motivo, foram presos e incitados a renegar sua fé, mas eles não cederam. Foram, então, açoitados e morreram.

Em seguida, Cecília também foi presa e incitada a renegar sua fé, mas ela declarou que preferia morrer a renegar sua verdadeira religião. Então, foi levada a um forno quente para ser sufocada pelos terríveis gases que saíam dali, mas, em vez de asfixiar-se, ela cantava. Por isso, é considerada a patrona dos músicos.

Vendo que tal martírio não acabaria com ela, mandaram cortar-lhe a cabeça. Antes de morrer, ela pediu ao papa Urbano que convertesse sua casa em um templo de orações, e assim foi feito. Também, antes de morrer, ela repartiu seus bens entre os pobres.

Em 1599, foi permitido a um escultor ver o corpo da santa, que estava incorrupto, e ele fez uma estátua de mármore, que se encontra na Igreja de Santa Cecília, em Roma.

Oração

Deus, nosso Pai, a exemplo de santa Cecília, entoemos um cântico de louvor pelas maravilhas que nos concedeis. Vós nos destes Jesus, vosso Filho, para ser o nosso Libertador. Vós o ressuscitastes e nos destes como dom o seu Espírito, nosso Consolador. Com os anjos e os santos todos queremos cantar: santo, santo, santo, Senhor, Deus do Universo! O céu e a terra proclamam a vossa glória. Hosana nas alturas! Bendito o que vem em nome do Senhor! Hosana nas alturas.

São Cipriano

Mártir

Comemoração: 16 de setembro

São Cipriano foi o santo mais importante da África e o bispo mais brilhante desse continente, antes de santo Agostinho. Além da sua inteligência privilegiada e da grande habilidade para falar em público, ele tinha um brilhantismo e uma simpatia tão grandes que conseguia facilmente influenciar aos demais.

Ao se tornar maior de idade, converteu-se ao cristianismo e, ao ser batizado, fez voto de castidade, o que o fez ser muito admirado. Também passou a dedicar-se ao estudo da santa Bíblia, renunciando à literatura mundana, que tanto lhe agradava antes. Foi ordenado sacerdote e, aos 48 anos, com a morte do bispo de Cartago, o povo aclamou-o como o mais digno para ser o novo bispo. E, realmente, ele chegou a ser o mais importante de todos os bispos.

Quando Cartago foi assolada pela peste de tifo, ele dedicou-se a ajudar os miseráveis, vendendo tudo o que havia na casa episcopal e pronunciando um dos mais belos sermões da Igreja Católica sobre a esmola.

Sobreviveu à perseguição contra os cristãos empreendida pelo imperador Décio, mas recebeu pena de morte pelo imperador Valeriano.

Na audiência em que foi condenado, ao ser questionado sobre sua fé, ele respondeu ao juiz:

— Eu sou cristão e sou bispo. Não reconheço nenhum outro Deus senão o único e verdadeiro Deus que fez o céu e a terra. A Ele os cristãos rezam todos os dias.

Quando o juiz insistiu para que ele ordenasse aos cristãos render homenagens a outros deuses, ele se recusou, respondendo:

— Faça o que lhe ordenaram fazer e pronto, pois nessas coisas tão importantes a minha decisão é irrevogável e eu não vou modificá-la.

E quando o juiz disse que lhe cortariam a cabeça com uma espada, ele exclamou:

— Demos graças a Deus!

Os fiéis colocaram lençóis brancos no chão para recolher o sangue de São Cipriano e levá-lo como relíquia. São Cipriano, que vendou seus próprios olhos e ajoelhou-se para que sua cabeça fosse cortada, mandou dar 25 moedas de ouro ao carrasco. Poucos dias depois de sua morte, o juiz que o condenou morreu de repente, e o imperador caiu prisioneiro de inimigos em uma guerra na Pérsia e foi mantido como escravo até sua morte.

Oração

Deus eterno e Todo-Poderoso, que destes a São Cipriano a graça de lutar pela justiça até a morte, concedei-nos, por sua intercessão, suportar por vosso amor as adversidades e correr ao encontro de vós que sois a nossa vida. Por Nosso Senhor Jesus Cristo, vosso filho, na unidade do Espírito Santo. Amém.

Santa Clara de Assis

Virgem
Fundadora do ramo feminino da Ordem Franciscana
Padroeira da televisão
Comemoração: 11 de agosto

Santa Clara nasceu em Assis, Itália, em 1193.

Ela recebeu esse nome porque sua mãe, mulher religiosa, teve a inspiração de que teria uma filha que iluminaria o mundo.

Muito bonita e de família nobre, desde cedo se destacou pela sua caridade e respeito para com os mais humildes. Por isso, ao deparar-se com a pobreza evangélica vivida por Francisco de Assis, teve o irresistível impulso religioso de segui-lo, mesmo sob oposição da família.

E assim, aos 18 anos, Clara abandonou seu lar para seguir Jesus. Foi então ao encontro de São Francisco de Assis, na Porciúncula, e fundou o ramo feminino da Ordem Franciscana, também conhecido como Ordem das Damas Pobres ou Clarissas. Viveu na mais estrita pobreza.

Seu primeiro milagre ocorreu ainda em vida. Ao consolar uma irmã de sua congregação que havia saído para pedir esmolas e quase nada tinha conseguido, santa Clara disse: "Confia em Deus!" E quando Clara se afastou, a irmã foi pegar o pequeno embrulho das esmolas que conseguira e constatou que este se multiplicara. Em outra ocasião, quando os sarracenos invadiram Assis, ela pegou o cálice com hóstias consagradas e enfrentou-os, dizendo que Jesus Cristo era mais forte que eles. Então, tomados de um pânico inexplicável, os agressores fugiram. O cálice que santa Clara segura na mão é uma referência a esse milagre.

Conta-se que um ano antes de sua morte, em 1253, santa Clara assistiu à Celebração Eucarística sem sair de seu leito, sendo, por isso, considerada a protetora da televisão.

Oração

Pela intercessão de santa Clara, ó Senhor Todo-Poderoso, me abençoe e proteja; volte para mim os seus olhos misericordiosos, dê-me a paz e a tranquilidade, derrame sobre mim as suas copiosas graças e, depois desta vida, aceite-me no céu em companhia de santa Clara e de todo o santuário. Em nome do Pai, do Filho e do Espírito Santo. Amém.

Cosme e Damião

Mártires

Comemoração: 26 de setembro

Estes dois santos, junto com São Lucas, que viveram no século III, são os patronos dos médicos católicos. Cosme e Damião eram irmãos gêmeos, nascidos na Arábia. Dedicaram-se à medicina e chegaram a ser médicos famosos.

O que os diferenciava dos outros médicos era que eles nada cobravam dos pobres: nem a consulta nem os remédios. Eles pregavam a religião de Jesus. Lísia, o governador da Sicília, mandou que parassem de fazê-lo e, como eles não obedeceram, o governador mandou que os abandonassem em alto-mar. Isso foi feito, mas uma onda gigantesca lançou-os na praia sãos e salvos. Então, o governador mandou queimá-los vivos, mas as chamas não os tocavam e, contrariamente ao previsto, queimaram seus carrascos. Então, o governador mandou que lhes cortassem a cabeça, e assim o sangue dos irmãos foi derramado, proclamando seu amor a Jesus. Aconteceu, então, que junto ao túmulo dos gêmeos começaram a ocorrer curas. O imperador Justiniano, de Constantinopla, rezou para esses santos mártires e foi curado de uma doença gravíssima, inexplicavelmente. Em Constantinopla, foram levantados grandes templos em honra desses famosos mártires e em Roma foi construída uma basílica para Cosme e Damião.

Oração

São Cosme e São Damião! Por amor a Deus e ao próximo, consagrastes a vida no cuidado do corpo e alma dos doentes. Abençoai os médicos e farmacêuticos. Alcançai a saúde para o nosso corpo. Fortalecei a nossa vida. Curai o nosso pensamento de toda maldade. A vossa inocência e simplicidade ajudem todas as crianças a terem muita bondade umas com as outras. Fazei que elas conservem sempre a consciência tranquila. Com a vossa proteção, conservai o meu coração sempre simples e sincero. Fazei que eu lembre com frequência estas palavras de Jesus: «Deixai vir a mim as criancinhas, porque delas é o Reino de Deus».

São Cristóvão

Mártir
Protetor dos motoristas e dos viajantes
Comemoração: 25 de julho

Imagina-se que São Cristóvão tenha vivido na Síria e que seu martírio tenha ocorrido no século III. Ele tem sido cultuado desde o século V.

Uma lenda conta que Cristóvão era um gigante que foi servir a Satanás porque lhe disseram que este era o maior rei do mundo. Depois, ao descobrir que o maior rei do mundo era Nosso Senhor, Cristóvão abandonou seus sonhos de grandeza e passou a servir a seus semelhantes. Como era muito forte, ele pôs-se a transportar as pessoas de um lado para o outro do rio. Uma noite, um menino pediu-lhe que o levasse à outra margem do rio. Ele colocou o menino nas costas e partiu. Mas, à medida que atravessava o rio, o menino pesava cada vez mais nas suas costas, como se fosse o peso do mundo inteiro. Diante de seu espanto, o menino lhe disse: "Tiveste às costas mais que o mundo inteiro. Transportastes o Criador de todas as coisas, pois eu sou Jesus, aquele a quem serves».

Oração

Por intercessão do bem-aventurado mártir São Cristóvão, dai-me, Senhor, firmeza e vigilância no volante para que eu chegue ao meu destino sem acidentes. Protegei os que viajam comigo. Ajudai-me a respeitar a todos e a dirigir com prudência e que eu descubra vossa presença na natureza e em tudo o que me rodeia. Amém.

São Dimas

O bom ladrão
Mártir
Comemoração: 25 de março

Pouco se sabe sobre o passado de São Dimas. Conta-se que quando a Sagrada Família fugia para o Egito, ele, que fazia parte de um bando de ladrões, os deixou passar sem lhes fazer nenhum mal.

Ele era um dos dois ladrões que foram crucificados ao lado de Jesus. E quando o outro ladrão disse que Jesus deveria salvá-los para provar que era o Messias, Dimas respondeu: "Quem não teme a Deus merece a condenação", e pediu a Jesus que se lembrasse dele. Jesus, então, respondeu: "Hoje estarás comigo no paraíso" (Lc. 23:43).

Diante disso, considera-se tradicionalmente que a salvação de Dimas aconteceu, e sua comemoração foi marcada para o dia 25 de março por ser essa a provável data da crucificação. Ele passou a ser cultuado como o padroeiro dos prisioneiros condenados e dos ladrões arrependidos.

Oração

São Dimas, nós, pobres pecadores, pelas chagas de Jesus crucificado e pelas dores de vossa Mãe, Maria Santíssima, vos rogamos e esperamos alcançar a divina misericórdia na vida e, sobretudo, na hora da morte. E para que tamanha graça nos seja concedida, imploramos a vossa valiosa proteção. Ó, São Dimas, fostes o bom ladrão que, roubando o céu e conquistando o coração agonizante e misericordioso de Jesus, vos tornastes o modelo da confiança e dos pecadores arrependidos, valei-nos em todas as nossas aflições e necessidades temporais e espirituais, e, sobretudo, na hora derradeira, quando chegar nossa agonia, pedi pela nossa salvação a Jesus crucificado e morto. Que possamos ter o vosso arrependimento e confiança, e, também como vós, ouvir a consoladora promessa de estar com ele no paraíso. Amém.

Santa Edwiges

Viúva
Protetora dos pobres e dos endividados
Comemoração: 16 de outubro

Nascida na Alemanha, em 1174, Edwiges casou-se ainda jovem com o príncipe da Silésia, na Polônia, e teve seis filhos. Ela e seu marido mandaram construir diversas igrejas e mosteiros, motivo pelo qual ela é representada segurando uma igreja.

Depois que seu marido morreu, ela retirou-se para um mosteiro. Devota, caridosa e penitente, tomou-se exemplo de esposa e viúva.

Conta-se que ela usava praticamente todo o seu dinheiro para socorrer aos necessitados, o que o fazia pessoalmente. Certa vez, ao visitar um presídio e descobrir que a maioria dos detentos estava ali por não poder pagar suas contas, ela começou a fazê-lo, restituindo-lhes, assim, a liberdade e ajudando-os a recomeçar a vida. Por isso, ela é invocada como padroeira dos pobres e endividados.

Santa Edwiges morreu no dia 15 de outubro de 1243, mas como esse dia já é dedicado a santa Teresa de Ávila, a comemoração a santa Edwiges passou a ser dia 16 de outubro.

Tudo o que santa Edwiges pede de seus devotos é que não faltem à santa missa e sejam caridosos.

Oração

Ó santa Edwiges, vós que na Terra fostes o amparo dos pobres, a ajuda dos desvalidos e o socorro dos endividados, e no céu agora desfrutais do eterno prêmio da caridade que em vida praticastes, suplicante te peço que sejais minha advogada, para que eu obtenha de Deus o auxílio de que urgentemente necessito [fazer o pedido]. *Alcançai-me também a suprema graça da salvação eterna. Santa Edwiges, rogai por nós. Amém.*

Santo Expedito

Mártir
Santo das causas justas e urgentes
Comemoração: 19 de abril

Santo Expedito, comandante de uma legião de soldados romanos na cidade de Melitene, no final do século III, tivera uma vida devassa antes de converter-se ao cristianismo.

Certa vez, seu exército ficou cercado pelo inimigo dentro de uma cidade fortificada. Os soldados comandados por Expedito saíram da cidade, ajoelharam-se e pediram a Deus que os livrasse dos inimigos. Quando acabaram de rezar e partiram para cima dos inimigos, estes foram atingidos por uma tempestade de pedras e granizo e fugiram.

Diz-se que quando Expedito estava para converter-se, apareceu-lhe um espírito do mal na forma de um corvo, grasnando *Cras*, que em latim quer dizer "amanhã". Mas Expedito pisoteou o corvo e bradou *Hodie*, que quer dizer "hoje", declarando a urgência de sua conversão.

Por causa desta, Santo Expedito foi torturado, flagelado e decapitado em 19 de abril de 303, durante a perseguição aos cristãos do império de Diocleciano.

O culto ao santo espalhou-se por toda a Europa e ganhou o mundo. Ele é representado com uma palma, símbolo de seu martírio, e uma cruz onde se lê *hodie*, enquanto ele esmaga um corvo que grita *cras*.

Oração

Meu santo Expedito das causas justas e urgentes, socorrei-me nesta hora de aflição e de desespero; intercedei por mim junto a nosso Senhor Jesus Cristo! Vós que sois um santo guerreiro, vós que sois o santo dos aflitos, vós que sois o santo dos desesperados, vós que sois o santo das causas urgentes, protegei-me, ajudai-me, dai-me força, coragem e serenidade. Atendei ao meu pedido [fazer o pedido].

Ajudai-me a superar essas horas difíceis, protegei-me de todos que possam me prejudicar;protegei a minha família, atendei ao meu pedido com urgência. Devolvei-me a paz e a tranquilidade.
Serei grato pelo resto de minha vida e levarei o seu nome a todos que têm fé. Amém.

Santa Filomena

Virgem e Mártir
Padroeira do rosário vivo
Padroeira dos filhos de Maria
Comemoração: 10 de agosto

Santa Filomena foi uma virgem mártir da Igreja que ficou esquecida durante muito tempo, até que seu túmulo foi encontrado, em 1802. Mesmo depois disso, dados a respeito de sua vida só foram conhecidos por meio das revelações recebidas por três pessoas diferentes, em resposta às orações de muitos para que ela deixasse saber quem era e como chegou ao martírio.

As pessoas favorecidas por santa Filomena foram um jovem artista, um sacerdote e uma religiosa. E a Santa Sé, mesmo sem garantir a autenticidade das revelações, autorizou que fossem divulgadas.

Assim, soube-se que ela tinha origem nobre. Seus pais, pagãos, não podiam ter filhos. Então, converteram-se e obtiveram a graça de ter filhos. Filomena foi a primeira e seu nome (filha da luz) é uma alusão à fé que a fez nascer. Aos 13 anos, pedida em casamento pelo imperador Diocleciano, ela recusou com veemência, dizendo que sua virgindade pertencia a Jesus Cristo e que não podia dispor dela. Mesmo com a recusa de Filomena, seu pai teve de entregá-la ao imperador, que, primeiro, tentou conquistá-la e, depois, fez-lhe ameaças. Ela não cedeu. Então, ficou presa em um cativeiro por 38 dias. Um dia, a Rainha do Céu apareceu para ela e lhe disse que seu cativeiro iria terminar e que um martírio maior estava por vir, mas que ela não esmorecesse, pois o anjo Gabriel viria socorrê-la. E assim aconteceu. O imperador tirou-a do cativeiro, mas como ela não tinha mudado de opinião, ele resolveu martirizá-la. Primeiro, mandou tirar suas roupas, amarrá-la em praça pública e açoitá-la até seu corpo banhar-se em sangue, mas dois anjos de luz derramaram bálsamo sobre ela, restaurando suas forças. Depois, o imperador mandou que amarrassem uma âncora no pescoço dela e a atirassem no rio Tibre, mas quando ela ia ser lançada às águas, dois anjos cortaram a corda que prendia a âncora ao seu pescoço e a levaram de volta para a margem do rio. O imperador, então, ordenou que o corpo dela fosse transpassado por flechas, mas os anjos mais uma vez a curaram. Finalmente, o imperador mandou que Filomena fosse decapitada.

No dia 10 de agosto de 1805, as relíquias de santa Filomena, que estavam em Roma, foram trasladadas para a cidade de Mugnano. Contínuos milagres acompanharam todo o traslado e, dias antes de sua chegada, uma chuva refrescante caiu sobre a cidade, que vivia uma grande seca. O santuário de santa Filomena foi palco de prodigiosos milagres. Ela foi canonizada pelo papa Gregório XVI e proclamada «A Grande Taumaturga do Século XIX», «Padroeira do Rosário Vivo» e «Padroeira dos Filhos de Maria».

Oração

Ó gloriosa virgem e mártir santa Filomena, que do céu onde reinais vos comprazeis em fazer cair sobre a Terra benefícios sem conta, eis-me aqui prostrado a vossos pés para implorar-vos socorro para minhas necessidades que tanto me afligem, vós que sois tão poderosa junto a Jesus, como provam os inumeráveis prodígios que se operam por toda parte onde sois invocada e honrada. Alegro-me ao ver-vos tão grande, tão pura, tão santa, tão gloriosamente recompensada no céu e na terra. Atraído por vossos exemplos à prática de sólidas virtudes e cheio de esperança à vista das recompensas concedidas aos vossos merecimentos, eu me proponho a vos imitar pela fuga do pecado e pelo perfeito cumprimento dos mandamentos do Senhor. Ajudai-me, pois, ó grande e poderosa santinha, nesta hora tão angustiante em que me encontro, alcançando-me a graça [pede-se a graça] *e sobretudo uma pureza inviolável, uma fortaleza capaz de resistir a todas as tentações, uma generosidade de que não recuse a Deus nenhum sacrifício e um amor forte como a morte pela fé em Jesus Cristo, uma grande devoção e amor a Maria Santíssima e ao santo padre, e ainda a graça de viver santamente a fé para um dia estar contigo no céu por toda a eternidade.*

São Francisco de Assis

Santo dos pobres e humildes
Protetor dos animais
Comemoração: 4 de outubro

Nascido em Assis, na Itália, em 1181, Francisco era de família rica e chegou a usufruir de sua condição social, vivendo entre amigos boêmios. Como não tinha inclinação para o comércio, como seu pai,alistou-se no exército de Gualtieri de Brienne, que combatia pelo papa. Mas, em Spoleto, sonhou que fora convidado a trabalhar para "o Patrão e não para o servo".

Considerando esse sonho uma revelação, ele, então com 20 anos, passou a dedicar-se a ajudar os pobres e os doentes.

Um dia, enquanto rezava na igrejinha de São Damião, ouviu a imagem de Cristo dizer-lhe: "Francisco, restaure minha casa decadente". Tomando a solicitação literalmente, Francisco vendeu as mercadorias da loja do pai para restaurar a igrejinha. E o pai, indignado com a atitude dele, o deserdou.

Francisco, então, uniu-se à "irmã pobreza" e deu início à sua vida religiosa. Fundou a Ordem dos Frades Menores e depois, com Clara de Assis, por quem nutria profundo amor fraternal, fundou o ramo feminino da mesma ordem.

A devoção de Francisco a Deus ia além dos sacrifícios. Em 1224, enquanto pregava em Monte Alverne, nos Apeninos, ele foi estigmatizado com as cinco chagas de Jesus Cristo. Essas chagas não apenas apareceram em seu corpo, mas causaram dor e provocaram fraqueza física. E ele, que foi ficando cada vez mais debilitado, morreu dois anos depois da estigmatização.

São Francisco é um exemplo de amor universalista. Ele foi irmão do sol, da água, das estrelas, das aves e dos animais. Sua canonização ocorreu em 1228, por Gregório IX.

Oração

Senhor, fazei de mim um instrumento de vossa paz! Onde houver ódio, que eu leve o amor; onde houver ofensa, que eu leve o perdão; onde houver discórdia, que eu leve a união; onde houver dúvida, que eu leve a fé; onde houver erro, que eu leve a verdade; onde houver desespero, que eu leve a esperança; onde houver tristeza, que eu leve a alegria; e onde houver trevas, que eu leve a luz! Ó Mestre, fazei que eu procure mais consolar que ser consolado; compreender que ser compreendido; amar que ser amado. Pois é dando que se recebe; é perdoando que se é perdoado e é morrendo que se vive para a vida eterna! Amém.

São Francisco de Paula

Eremita
Patrono dos marinheiros
Comemoração: 2 de abril

Três crianças vieram ao mundo por intercessão de São Francisco de Assis, atendendo ao pedido de um casal de devotos que morava em Paula, na Calábria, e não podia ter filhos. O mais velho desses filhos, naturalmente, recebeu o nome de Francisco, em homenagem ao santo.

Francisco, ainda bebê, adoeceu e perdeu a visão de um dos olhos. Seus pais, então, prometeram a São Francisco de Assis que, se o menino ficasse curado, ele iria passar um ano em um seminário da sua ordem, e o menino ficou bom imediatamente.

Aos 13 anos ele foi para um seminário franciscano para cumprir a promessa de seus pais. Lá, aprendeu o amor pela oração e pela mortificação, a humildade e a obediência. Depois de um ano, o jovem Francisco saiu em peregrinação com seus pais e, na volta, resolveu viver em retiro, indo morar em uma caverna perto do mar. Lá, viveu como ermitão durante seis anos, dedicando-se à oração e à mortificação.

Tempos depois, dois companheiros se juntaram a ele no retiro e, para acomodá-los, Francisco construiu três celas e uma capela. O número de discípulos aumentava e, assim, o arcebispo permitiu a construção de um mosteiro e de uma igreja. Francisco e seus companheiros viviam em eterna abstinência e em extrema pobreza. A marca da ordem que se iniciava com a aprovação da Santa Sé era a humildade. A comunidade, inicialmente, se chamava Eremitas de São Francisco, mas, depois de aprovada, passou a chamar-se Ordem dos Mínimos.

Francisco tinha o dom da profecia. Quando Luis XI, rei da França, adoeceu, São Francisco, por intervenção papal, foi enviado para curá-lo; mas, em vez disso, ele preparou o rei para morrer. Os reis da França que vieram a seguir o mantiveram na corte, pois precisavam de seus conselhos.

Ele passou seus últimos três meses de vida em total solidão. Então, numa quinta-feira santa ele fez recomendações à sua comunidade; na sexta-feira santa deu as últimas instruções, designou um vigário geral, recebeu os sacramentos e morreu durante a leitura de *A Paixão segundo São João*, que ele havia pedido que lessem.

São Francisco foi canonizado por Leão X. Como muitos de seus milagres estão relacionados ao mar, ele foi declarado patrono dos marinheiros.

Oração

Ó glorioso São Francisco de Paula, que tanto vos aprofundastes na humildade, único alicerce de todas as virtudes, alcançando através dela um grande prestígio junto de Deus, a tal ponto de jamais lhe terdes pedido graça alguma que prontamente não vos fosse concedida. Aqui venho aos vossos pés para suplicar-vos que extingais de meu coração todo afeto de soberba e vaidade e, em seu lugar, floresçam os preciosos frutos da humildade para que eu possa ser um verdadeiro devoto e imitador vosso e merecer o grande patrocínio que, de vossa eficaz intercessão, espero e rogo me alcanceis de Deus a graça de que tanto necessito [pede-se a graça],*não sendo contra a vontade do Altíssimo. Amém.*

São Januário (San Gennaro)

Mártir

Comemoração: 19 de setembro

São Januário era bispo de Nápoles, Itália, quando se instalou a grande perseguição aos cristãos pelo imperador Diocleciano. Ele e outros sacerdotes foram presos e levados ao anfiteatro do Coliseu para serem devoradospelas feras, mas estas, mesmo estando famintas, apenas deram voltas e rugiram ao redor daqueles cristãos. Então, eles foram decapitados. Mas, pessoas piedosas recolheram o sangue de São Januário e o guardaram como relíquia.

Por causa desse sangue recolhido e do milagre que ele opera em Nápoles todos os anos, há 400 anos, São Januário é famoso em todo o mundo.

O milagre é este: um sacerdote expõe no altar o recipiente (uma ampulheta do tamanho de uma pera) com o sangue solidificado do santo e, à sua frente, coloca a urna que contém a cabeça do santo. Os fiéis começam a rezar e, de um momento para o outro, o sangue que estava negro e sólido se toma vermelho e líquido e aumenta de volume dentro da vasilha em que se encontra.

Dito assim, pode-se pensar que se trata de um milagre sem muito proveito para os fiéis, mas o prodígio da liquefação do sangue tem livrado o povo daquela região das erupções do vulcão Vesúvio. Conta-se que em 1631, quando toneladas de lava se dirigiam para a cidade, o bispo levou o sangue de São Januário em procissão e a lava mudou de direção, salvando a cidade.

Oração

Senhor, pelo sangue de teus santos mártires, concedei-nos a graça de nos mantermos durante toda a nossa vida fiéis à religião católica e livres das desgraças de nossas paixões. Amém.

Santa Genoveva

Virgem

Comemoração: 3 de janeiro

Genoveva, que nasceu em Paris no ano 422, aos 15 anos formou, com um grupo de amigas, uma associação de mulheres dedicadas ao apostolado e a ajudar aos pobres que, mesmo sem serem religiosas, viviam santamente.

Quando o bárbaro Átila se aproximava de Paris com 100 mil guerreiros, e a população queria fugir, Genoveva conseguiu convencer a maioria de que o melhor era irem todos para o templo e rezar. Assim o fizeram, e a cidade foi salva, pois o feroz Átila, ao aproximar-se de Paris, decidiu mudar de rumo e ir com seus guerreiros para Orleans. Mas, a caminho, foram surpreendidos por exércitos cristãos e derrotados. Tempos depois, Paris foi vitimada por uma enorme carestia e as pessoas estavam morrendo de fome. Mas, Genoveva, em vez de se queixar, reuniu um grupo de homens e partiu rio acima em busca de víveres. Eles voltaram com as embarcações repletas de alimentos e, mais uma vez, ela salvou a cidade. Por isso, santa Genoveva é até hoje considerada a padroeira de Paris.

Ela morreu aos 80 anos. Sobre seu túmulo foi construído um templo. Na Revolução Francesa, esse templo foi derrubado e no lugar foi construído um edifício chamado Panteão, onde os franceses enterram seus heróis.

A invocação a santa Genoveva é feita, em geral, para pedir proteção contra calamidades públicas.

Oração

Senhor, que, assim como santa Genoveva, amemos a nossa pátria e a nossos irmãos não apenas com o amor das palavras, mas com o amor que se demonstra em boas obras, e que, como ela, estejamos convencidos de que é melhor confiar em Deus do que apenas na ajuda humana. Amém.

Santa Gertrudes

Mística

Comemoração: 16 de novembro

Santa Gertrudes, que nasceu na Alemanha em 1256, foi a primeira mística reconhecida pela Igreja (para a Igreja, místicas são as pessoas que falam diretamente com Deus por meio de fervorosas orações e recebem dele mensagens e revelações). Depois dela, houve outras, como santa Teresa de Ávila, por exemplo. Ela também foi a primeira a propagar a devoção ao Sagrado Coração de Jesus e o culto a São José.

Aos cinco anos, Gertrudes foi levada para o convento dirigido por santa Matilde, sua tia. Até os 25, ela foi uma monja como as demais, dedicada à oração e aos trabalhos manuais, embora sentisse uma enorme inclinação para os estudos mundanos. Porém, ela recebeu a primeira das revelações que a tornaram famosa. Ela conta que Jesus apareceu e lhe disse: "Até agora tens te dedicado a comer pó como os que não têm fé. Desse pó, tens tentado extrair mel e só tens encontrado espinhos. De agora em diante, dedicas-te a meditar em minhas mensagens e encontrarás o verdadeiro maná que te alimentará e te dará força e paz".

Desse dia em diante, Gertrudes passou a ler apenas a santa Bíblia e os escritos dos santos padres. Quando ela estava com 47 anos, Jesus Cristo lhe deu a incumbência de ser sua mensageira. E ela, então, escreveu cinco livros com as mensagens que recebia em suas revelações. Essa obra se chama *Revelações de Santa Gertrudes*.

Santa Gertrudes conta que, um dia, viu um raio de luz sair da ferida do costado de Cristo e atingir direto seu coração. E, desde então, ela sentiu por Jesus Cristo um amor como jamais tinha sentido.

Conta-se que, certa vez, santa Matilde perguntou a Jesus onde, além da santa hóstia, era possível encontrá-lo, e ele lhe respondeu: «No coração de Gertrudes».

Ela morreu no dia 17 de novembro de 1302, mas sua festa é celebrada no dia 16 de novembro.

Oração

Clementíssimo Pai celestial, pela intercessão de santa Gertrudes, concedei-me a graça de preservar-me, a mim, a toda a minha família e aos meus amigos e inimigos do mal que assola esta cidade. Gloriosa santa Gertrudes, vós que gozais do prêmio eterno das vossas virtudes, intercedei por mim, pelos meus, por todos os que vivem nesta cidade, obtendo da misericórdia divina que sejam todos preservados de doenças e aflições.

Rainha Santa Isabel de Portugal

Rainha e viúva

Comemoração: 4 de julho

Santa Isabel de Portugal nasceu em 11 de fevereiro de 1270, em Saragoça e aos 12 anos casou-se com dom Dinis, rei de Portugal. Ela era filha de Pedro III, rei de Aragão, e recebeu esse nome em homenagem à sua tia, santa Isabel da Hungria, que anos antes fora canonizada e de quem esperavam que ela herdasse a bondade e a santidade.

Educada em família religiosa, Isabel seguia com rigor os preceitos da Igreja. Colaborou para implantar em Portugal a devoção à Nossa Senhora da Conceição, a quem pediu auxílio para impedir uma guerra civil, liderada por seu filho Afonso, em rebelião aberta contra o pai.

Muito caridosa, contribuía com os conventos do reino, principalmente com o de santa Clara, e fundou instituições de apoio aos pobres. Depois que seu marido morreu, ela fixou residência em Coimbra e tomou o hábito da Ordem de Santa Clara.

Em 1336, ela viajou em visita a seu filho, rei Afonso IV, em guerra com seu neto Afonso IX, rei de Castela, mas chegou doente. E na noite de 4 de julho, faleceu rezando, após receber os últimos sacramentos.

Por causa dos inúmeros milagres ocorridos após sua morte, o rei Manuel I pediu sua beatificação e o papa Leão X, em 1516, a declarou bem-aventurada, permitindo que celebrassem festa em sua homenagem na diocese de Coimbra. O culto à rainha se estendeu por todo o reino de Portugal e, em 1560, Ana de Meneses, abadessa do Mosteiro de Santa Clara, fundou a Confraria da Rainha Santa. O papa Gregório XIII, em 1581, concedeu diversas graças e indulgências aos associados dessa confraria.

Seu túmulo foi aberto 276 anos após sua morte, no início do processo de canonização, e descobriu-se que seu corpo estava incorrupto e exalava um aroma suave. Ela foi canonizada pelo papa Urbano VIII no dia 25 de maio de 1625.

Oração à Rainha Santa Isabel de Portugal

Ó querida santa Isabel, sob a vossa proteção queremos nos colocar. Vossa espiritualidade nos inspira ainda hoje no seguimento de Jesus. Ensinai-nos a acolher com carinho os pobres, os doentes, os abandonados, manifestando a eles o imenso amor do Pai. Estimulai-nos para que tenhamos coragem de estar ao lado deles, defendendo as suas lutas e assumindo as suas dores. Assim como vós, queremos construir a paz, partilhar o pão da justiça e distribuir rosas de alegria aos nossos irmãos. Intercedei por nós, para que também possamos, um dia, gozar das alegrias celestes na presença de Deus. Amém.

Santo Ivo

Franciscano
Padroeiro dos advogados e dos pobres
Comemoração: 19 de maio

Nascido na Bretanha, em 1253, Ivo foi mandado para a Universidade de Paris aos 14 anos, onde se graduou em direito civil, e, depois, foi para Orleans, estudar direito canônico. Aos 27 anos, após receber as primeiras ordens, foi designado juiz eclesiástico da arquidiocese de Rennes. Tempos depois, estudou as escrituras e entrou para a Ordem Terceira Franciscana (ordem fundada por São Francisco de Assis para os leigos que mantinham a vida mundana, mas desejavam ser fiéis ao espírito de pobreza e participar das graças da espiritualidade franciscana). Ganhou o título de padroeiro dos advogados e dos pobres por sua imensa caridade.

Santo Ivo morreu jovem, aos 32 anos, e foi canonizado 62 anos após sua morte, pelo papa Clemente VI.

Oração

Glorioso santo Ivo, lírio da pureza, apóstolo da caridade e defensor intrépido da justiça, vós que, vendo nas leis humanas um reflexo da lei eterna soubestes conjugar maravilhosamente os postulados da justiça e o imperativo do amor cristão, assisti, iluminai, fortalecei a classe jurídica, os nossos juízes e advogados, os cultores e intérpretes do Direito, para que, em seus ensinamentos e decisões, jamais se afastem da equidade e da retidão. Amem eles a justiça, para que consolidem a paz; exerçam a caridade, para que reine a concórdia; defendam e amparem os fracos e desprotegidos, para que, deixando de lado todo interesse subalterno e toda afeição de pessoas, façam triunfar a sabedoria da lei sobre as forças da injustiça e do mal. Olhai também para nós, glorioso santo Ivo, que desejamos copiar os vossos exemplos e imitar as vossas virtudes. Exercei junto ao trono de Deus vossa missão de advogado e protetor nosso, afim de que nossas preces sejam favoravelmente despachadas e sintamos os efeitos do vosso poderoso patrocínio. Amém.

Santa Joana D'Arc

Santa guerreira
Comemoração: 30 de maio

Filha de camponeses, aos 14 anos Joana D`Arc passou a ouvir vozes celestiais, indicando-lhe sua missão na expulsão dos ingleses que ocupavam grande parte da França.

Quando as lutas se tornaram intensas, ela partiu de sua aldeia e obteve do capitão da guarnição de Vaucouleurs uma escolta para guiá-la até Carlos VII, rei da França, e comunicou-lhe a missão que recebera de Deus. Pela segurança com que se dirigiu ao rei, este lhe entregou o comando de um pequeno exército para socorrer Orleans.

Chegando lá, Joana intimou o inimigo a render-se, e os ingleses se retiraram da cidade. Por esse feito, ela foi cognominada a «Virgem de Orleans» e seu prestígio aumentou, inclusive, junto ao exército inimigo, despertando a crença em seu poder sobrenatural.

Depois, na tentativa de retomada de Paris, Joana foi ferida e, mais tarde, no ataque que empreendeu a Complègne, foi aprisionada pelos inimigos. Mas estes não quiseram executá-la sumariamente e sim privá-la da auréola de santa, obtendo sua condenação num tribunal espiritual. Nesse jogo de interesses políticos, Joana D`Arc não teve o apoio do rei e, posteriormente, foi vendida aos ingleses por um bispo ambicioso. No processo que se seguiu, Joana foi condenada à prisão perpétua a pão e água: «ao pão da dor e à água da agonia". Sentenciada a ser queimada, foi supliciada publicamente e seu sacrifício despertou novas energias no povo francês, contribuindo para que o rei, finalmente, expulsasse os ingleses. A Igreja canonizou Santa Joana D`Arc por ato do papa Bento V, em 1920.

Oração

Por santa Joana D'Arc, que foi condenada à morte, vítima de um processo iníquo, velai, Senhor, por todos aqueles que, vítimas da parcialidade e de interesses escusos, são condenados injustamente. Fazei-lhes, Senhor, justiça e tomai a sua causa. Abri nossos olhos, nossa mente e nossos corações para que a ninguém julguemos injustamente ou, movidos por interesses mesquinhos, escondamos a verdade dos fatos e prejudiquemos nossos semelhantes. Senhor Deus, vós sois justo e santo. Ensinai-nos a prática da justiça para que tenhamos parte no vosso reino. Amém.

São João Bosco

Sacerdote
Comemoração: 31 de janeiro
Fundador da Ordem Salesiana

João Bosco nasceu em Becchi, na Itália, em 16 de agosto de 1815. Filho caçula, ele perdeu o pai quando tinha apenas dois anos e foi criado pela mãe, com muitas dificuldades financeiras. Ainda pequeno, trabalhou como pastor e foi educado pelo padre da paróquia.

Em 1835, entrou para o seminário de Chieri e, seis anos depois, foi ordenado padre. Saindo do seminário, foi para Turim, onde se dedicou à educação e ao apostolado de meninos e jovens. Durante um período de sua vida, dedicou-se a ajudar as crianças que encontrava nas prisões. Tempos depois, foi viver na pobreza junto de sua mãe e cerca de 40 meninos, abrindo cursos para treiná-los em ofícios, como sapataria e alfaiataria. Em 1856, já havia 150 meninos em quatro cursos e 500 crianças no Oratório, com dez padres auxiliando-os.

O número de meninos aumentava e o lugar para se encontrarem era um problema a ser resolvido. Em 1844, dom Bosco foi indicado como assistente no *Rifugio* onde dom Borel, entusiasmado com seu trabalho, obteve a aprovação do arcebispo para que dois cômodos fossem construídos e convertidos em capela, dedicada a São Francisco de Sales. O *Rifugio* passou a ser o ponto de encontro dos membros do Oratório e cresceu o número de meninos querendo ser admitidos.

Mas logo dom Bosco começou a ser perseguido e foi obrigado a abandonar os cômodos. Perseverante, chegou a ser considerado louco e tentaram confiná-lo num asilo. O Oratório, transferido do *Rifugio* para vários lugares, acabou se instalando em um pequeno armazém. Então, contava com 700 membros. Dom Bosco e sua mãe se mudaram para perto do armazém. Ela era como uma mãe para os meninos, tendo dedicado seus últimos 10 anos de vida a cuidar deles. Gradualmente, foram criados dormitórios para os meninos que desejassem morar lá, e assim foi fundada a primeira Casa Salesiana, que atualmente abriga mais de mil garotos.

Tendo seu trabalho reconhecido pelas autoridades municipais, dom Bosco começou um bem-sucedido fundo para a construção de escolas técnicas, que foram feitas sem grandes dificuldades. Mas, para a construção de uma igreja, foi muito difícil levantar o dinheiro necessário e ele teve de contar com a caridade de alguns amigos. Enfim, em 9 de junho de 1868, a igreja foi consagrada a Nossa Senhora Auxiliadora. Naquele mesmo ano, padres e professores que auxiliavam dom Bosco formaram uma Ordem, que foi aprovada em 1874 pelo papa Pio IX. Catorze anos depois, quando dom Bosco faleceu, a Ordem já tinha mais de 700 membros espalhados em 64 casas.

Em 1872, dom Bosco criou uma Ordem para freiras, com trabalho parecido ao que realizava com os meninos. A Ordem se espalhou para a maioria dos países em que os padres salesianos trabalhavam.

Dom Bosco faleceu em 31 de janeiro de 1888. Em 1907, foi declarado venerável pelo papa Pio X e, em 1934, foi canonizado pelo papa Pio XI. Ele é padroeiro dos aprendizes, dos meninos, dos trabalhadores e dos estudantes.

Oração

Ó Deus, nosso Pai, por intercessão de São João Bosco, velai sobre nossos jovens. Dai-lhes fé e força necessárias para não se deixarem seduzir pelo mundo da droga, da violência e do pecado. Que encontrem em vós a única luz capaz de orientar suas vidas e que se sintam responsáveis pela paz, pela justiça e pela fraternidade no mundo. Amém.

São Jorge

Mártir
Patrono da Inglaterra
Comemoração: 23 de abril

Natural da Capadócia, região que hoje pertence à Turquia, Jorge, desde pequeno, aprendeu a temer a Deus e a crer em Jesus como seu Salvador. Após a morte de seu pai, mudou-se para a Palestina com sua mãe e lá, ele que era soldado romano, foi promovido a capitão do exército por sua dedicação e habilidade, e recebeu o título de conde.

Aos 23 anos, residia na corte imperial, em Roma, exercendo altas funções. Então, quando o senado estava reunido para confirmar o decreto do imperador Diocleciano para matar todos os cristãos, Jorge levantou-se e, espantado com a decisão, disse que os ídolos adorados nos templos pagãos eram falsos deuses.

Todos ficaram atônitos com tamanha ousadia e um cônsul perguntou-lhe por que o fazia, ao que Jorge respondeu: "Porque é verdade!" E quando questionado sobre o que era "a verdade", ele disse: "A verdade é meu Senhor Jesus Cristo, a quem vós perseguis, e eu sou servo de meu redentor Jesus Cristo e me pus no meio de vós para dar testemunho da verdade".

Jorge foi torturado de vários modos para que desistisse da sua fé, mas se manteve firme nela. Finalmente, Diocleciano, vendo que seus esforços eram em vão, mandou degolar o jovem e fiel servo de Jesus no dia 23 de abril de 303.

A devoção a São Jorge popularizou-se rapidamente. Seu culto se espalhou pelo oriente e, por ocasião das Cruzadas, penetrou também no ocidente. Verdadeiro guerreiro da fé, ele venceu terríveis batalhas contra Satanás, e por isso, é representado sobre um cavalo branco vencendo um grande dragão.

Oração

Eu andarei vestido e armado com as armas de São Jorge para que meus inimigos, tendo pés, não me alcancem; tendo mãos, não me peguem; tendo olhos, não me vejam; e nem em pensamentos eles possam me fazer mal. Armas de fogo o meu corpo não alcançarão; facas e lanças se quebrem sem o meu corpo tocar; cordas e correntes se arrebentem sem o meu corpo amarrar. Jesus Cristo, me proteja e me defenda com o poder de sua santa e divina graça. Virgem de Nazaré, me cubra com o seu manto sagrado e divino, protegendo-me em todas as minhas dores e aflições. E Deus, com sua divina misericórdia e grande poder, seja meu defensor contra as maldades e perseguições de meus inimigos. Glorioso São Jorge, em nome de Deus, estenda-me o seu escudo e as suas poderosas armas, defendendo-me com a sua força e com a sua grandeza, e que debaixo das patas de seu fiel ginete meus inimigos fiquem humildes e submissos a vós. Assim seja, com o poder de Deus, de Jesus e da falange do Divino Espírito Santo. Amém.

São José

Esposo da Virgem Maria
Padroeiro da boa morte
Patrono universal da Igreja
Comemoração: 19 de março

De São José, a quem Deus confiou seus maiores tesouros — Jesus e Maria —, sabe-se apenas os dados históricos narrados por São Mateus e São Lucas no Evangelho. Segundo São Mateus, ele pertencia à família de Davi, e alguma antiga tradição conta que ele morreu em 19 de março. De todos os santos e santas que propagaram a devoção a São José, a mais veemente foi santa Teresa de Ávila, que por intercessão dele foi curada de uma grave enfermidade. Desde que rezou a São José e foi curada de uma doença que a paralisava, santa Teresa nunca mais deixou de recomendar às pessoas que recorressem a ele. Ela dizia que «outros santos podem ter poder para solucionar certos problemas, mas, a São José, Deus concedeu o grande poder de ajudar em tudo». Segundo santa Teresa, que durante 40 anos sempre pediu uma graça a São José no dia de sua festa e sempre foi atendida, «parece que Jesus Cristo quer demonstrar que, assim como São José o tratou sumamente bem nesta Terra, ele, agora, lhe concede tudo o que, no céu, ele lhe peça para nós».

São Mateus relata que São José, mesmo sabendo que Maria esperava um filho que não era seu, não se dispôs a denunciá-la como infiel, pois era um «homem justo». E na Sagrada Escritura, «ser justo» é o melhor que um homem pode ser.

José teve alguns sonhos proféticos. Em um deles, um anjo lhe contou a respeito do filho que Maria estava esperando, que era obra do Espírito Santo. Em outro, o anjo comunicou-lhe que Herodes buscava o menino Jesus para matar e que eles deveriam fugir para o Egito. E em outro sonho, o anjo revelou-lhe que Herodes estava morto e que eles poderiam voltar a Israel.

A Igreja Católica venera as cinco grandes dores de São José, que são:

1a. Ver o Menino Jesus nascer em uma gruta e não conseguir nem uma casinha pobre para o nascimento dele.

2a. Ouvir, ao apresentar o Menino Jesus no templo, o profeta Simão anunciar que Deus seria a causa de muito sofrimento e dor.

3a. Ter de fugir no deserto com um recém-nascido.

4a. Perder o Menino Jesus no templo e ter de procurá-lo de casa em casa durante três dias.

5a. Separar-se de Jesus e de Maria, na hora da sua morte.

Oração

Ó glorioso São José, fiel seguidor de Jesus Cristo, a vós elevamos nossos corações e nossas mãos para implorar vossa poderosa intercessão em obter do benigno Coração de Jesus todos os auxílios e graças necessários ao nosso bem-estar espiritual e temporal, particularmente pela graça de uma morte feliz e o especial favor que agora vos pedimos [faz-se o pedido].

Ó guardião das famílias, sentimo-nos animados e confiantes de que vossas orações em nosso favor serão graciosamente ouvidas junto ao trono de Deus. Ó glorioso São José, pelo amor que tendes por Jesus Cristo e pela glória do seu nome, escutai as nossas orações e dai-nos o que pedimos. Amém.

São Judas Tadeu

Apóstolo e mártir
Santo dos desesperados e dos aflitos
Padroeiro das causas sem solução ou perdidas
Comemoração: 28 de outubro

Natural da Galileia, na Palestina, São Judas Tadeu é filho de Cleófas e de Maria, que era prima de Maria, a mãe de Jesus. Ele foi um dos doze apóstolos escolhidos pessoalmente por Jesus e presenciou muitos dos milagres que este realizou, assim como participou da instituição da eucaristia na última ceia e testemunhou a morte, a ressurreição e a ascensão do Senhor.

São Judas Tadeu foi incansável em seu trabalho de evangelização, com o qual conseguiu converter muitas almas. Nas perseguições contra os cristãos, ele e São Simão foram presos e levados ao Templo do Sol. Lá, antes de serem cruelmente martirizados até a morte, São Judas disse aos pagãos: «Para que fiqueis sabendo que estes ídolos que vós adorais são falsos, deles sairão os demônios e os hão de quebrar». Então, no mesmo instante, dois demônios hediondos surgiram, quebraram todo o templo e desapareceram, para a fúria do povo pagão, que atiçou ainda mais a crueldade contra São Judas e São Simão.

E no dia de seu martírio, o céu que estava claro escureceu, e uma violenta tempestade, com trovões e raios, caiu sobre toda a cidade e, principalmente, sobre o templo.

São Judas Tadeu é representado segurando um livro, simbolizando sua intensa pregação, e uma machadinha ou clava, lembrando o instrumento de seu martírio.

A devoção a São Judas Tadeu no Brasil surgiu no início do século XX, alastrando-se rapidamente. Ele é invocado para ajudar a resolver causas perdidas de qualquer natureza, assim como pelos aflitos e desesperados.

Oração

São Judas Tadeu, glorioso apóstolo, fiel servo e amigo de Jesus, o nome do traidor foi a causa de que fôsseis esquecido por muitos, mas a Igreja vos honra e invoca universalmente como patrono nos casos desesperados, nos negócios sem remédios. Rogai por mim, que sou um miserável. Fazei uso, eu vos imploro, desse particular privilégio que vos foi concedido, de trazer viável e imediato auxílio onde o socorro desapareceu quase por completo. Assisti-me nesta grande necessidade, para que eu possa receber as consolações e auxílios do céu em todas as minhas precisões, atribulações e sofrimentos, alcançando-me a graça de [faz-se o pedido], *e para que eu possa louvar a Deus convosco e com todos os eleitos, por toda eternidade. Eu vos prometo, ó bendito São Judas Tadeu, lembrar-me deste grande favor e nunca deixar de vos honrar como meu especial e poderoso patrono, e fazer de tudo o que estiver ao meu alcance para incentivar a devoção para convosco. Amém. São Judas Tadeu, rogai por todos os que vos honram e invocam vosso auxílio. São Judas Tadeu, rogai por nós!*

São Lourenço

Mártir

Padroeiro dos diáconos

Comemoração: 10 de agosto

São Lourenço foi uma das vítimas da perseguição do imperador Valeriano, que no começo de agosto de 258 lançou um edital condenando sumariamente à morte todos os bispos, padres e diáconos.

Ao ato imperial, seguiram-se as execuções de sete diáconos, e Lourenço foi o último deles.

Não existem relatos escritos de seu martírio, mas, segundo narração de santo Ambrósio, ele teria sido queimado.

São Lourenço, desde o século IV, tem sido um dos mártires da Igreja mais honrados. Primeiramente, o imperador Constantino mandou construir um oratório sobre seu túmulo. Depois, o papa Pelágio II mandou ampliar esse oratório e o beatificou. Posteriormente, o papa Xisto III mandou construir a basílica de São Lourenço, que veio a ser uma das cinco igrejas patriarcais de Roma, em cujo altar-mór apenas o papa pode celebrar o Santo Ofício. Além da igreja de São Lourenço, Roma tem mais sete santuários dedicados a ele.

Oração

Dai-nos, Senhor, a graça de sermos sempre resolutos e corajosos para enfrentarmos os combates, em nome da verdade e da fé. Concedei-nos, pela intercessão de vosso servo São Lourenço, a graça que vos pedimos. Por Cristo Jesus, amém.

São Luis Gonzaga

Patrono dos jovens
Comemoração: 21 de junho

Nascido em Castiglione, Itália, em 1568, filho do Marquês de Gonzaga, São Luis foi treinado desde pequeno nas artes militares. Recebeu a primeira comunhão do arcebispo de Milão e seu mentor espiritual foi o grande sábio jesuíta São Roberto Belarmino, que lhe indicou três meios para obter a santidade: confessar-se e comungar frequentemente, devotar-se à Virgem Maria e ler sobre as vidas dos santos.

Uma vez, ajoelhado ante a imagem de Nossa Senhora do Bom Conselho, pareceu-lhe que a virgem lhe dizia: "Deves entrar para a Companhia, meu filho!" Com isso, ele entendeu que sua vocação era ingressar na Companhia de Jesus e tornar-se um jesuíta.

A princípio, seu pai não concordou que ele se tornasse religioso, mas acabou cedendo.

Enquanto era seminarista e preparava-se para ordenar-se sacerdote, o jovem Luis Gonzaga passou a cuidar dos enfermos da peste negra. Certa vez, encontrando na rua um doente em estado gravíssimo, Luis colocou-o nas costas e levou-o para o hospital, mas contaminou-se e morreu em 21 de junho de 1591, com apenas 23 anos. Em 1621, sua mãe teve a graça de assistir à sua beatificação.

Como São Luis Gonzaga teve de fazer muitos sacrifícios para manter-se puro, a Igreja Católica nomeou-o o patrono dos jovens que querem conservar a pureza. Seu confessor conta que ele morreu sem nunca haver cometido um pecado mortal em sua vida.

Assim que São Luis Gonzaga tornou-se religioso, seu pai começou a tornar-se muito piedoso e, depois, morreu santamente.

Uma missão importante de São Luis Gonzaga em sua vida foi ir de cidade em cidade levando paz a famílias em conflito. Ele era extraordinariamente amável e bem educado e, ante sua presença, os inimizados concordavam em fazer as pazes e deixar de brigar.

Depois de morto, ele apareceu a um jesuíta enfermo, curou-o e recomendou-lhe que propagasse a devoção ao Sagrado Coração de Jesus.

Oração

Por São Luis Gonzaga, que viveu buscando a vossa face e encontrou-vos servindo aos irmãos necessitados e vítimas da peste, olhai, Senhor, para cada um de nós, perscrutai os nossos corações e as nossas mentes. Despertai em nosso íntimo o desejo de também vos buscar com sinceridade e abertura de espírito. Em vós reside o sentido de nossa existência, a superação de nós mesmos e a alegria de vos servir. Enchei os nossos corações da vossa alegria, da vossa esperança e da vossa paz. Dai-nos o dom do discernimento, para que, a exemplo de São Luis Gonzaga, possamos colocar em vós toda a nossa confiança. Amém.

Santa Luzia

Mártir
Protetora dos olhos e da visão
Comemoração: 13 de dezembro

Santa Luzia pertencia a uma rica família de Siracusa, na Itália, recebeu formação cristã e fez voto de virgindade perpétua.

Quando seu pai morreu, sua mãe, que queria que ela se casasse com um jovem pagão, adoeceu gravemente. Então, Luzia levou-a ao túmulo de santa Agueda, da qual era devota, e sua mãe, milagrosamente, recuperou a saúde. Então, esta acabou consentindo o voto de virgindade da filha e, ainda, que ela distribuísse seu dote aos pobres. Mas o noivo rejeitado, por vingança, entregou Luzia como cristã às autoridades.

Ante a ameaça de ser levada para um prostíbulo, Luzia respondeu: «O corpo se contamina se a alma consente». E quando dezenas de soldados tentaram carregá-la, o corpo da jovem ficou tão pesado que eles não conseguiram tirá-la do lugar. Depois, enquanto esteve presa, arrancaram-lhe os olhos, mas no dia seguinte eles estavam novamente perfeitos (por esse milagre, Santa Luzia é considerada a protetora dos olhos). Como ela não queria renegar sua fé nem quebrar seu voto de virgindade, acabou sendo decapitada.

Oração

Ó santa Luzia, que preferistes deixar que vossos olhos fossem vazados e arrancados em vez de negar a fé e conspurcar vossa alma; e Deus, com um milagre extraordinário, vos devolveu outros dois olhos sãos e perfeitos para recompensar vossa virtude e vossa fé e vos constituiu protetora contra as doenças dos olhos, eu recorro a vós para que protejais minhas vistas e cureis a doença dos meus olhos. Ó, santa Luzia, conservai a luz dos meus olhos para que eu possa ver as belezas da criação. Conservai também os olhos de minha alma, da fé, pelos quais eu posso ver meu Deus e aprender os seus ensinamentos, para que eu possa aprender contigo e sempre recorrer a vós. Santa Luzia, protegei os meus olhos e conservai a minha fé. Santa Luzia, dai-me luz e discernimento. Santa Luzia, rogai por nós. Amém.

Santa Maria Goretti

Virgem e mártir
Padroeira das moças em perigo
Comemoração: 6 de julho

Filha mais velha de cinco irmãos e órfã de pai, Maria Goretti, nascida em Ancona, na Itália, em 1890, teve de deixar a escola, mas esforçou-se para terminar o catecismo, recebendo a primeira comunhão aos 12 anos. Certa vez, quando sua mãe não estava em casa, um rapaz de 18 anos a atacou e fez de tudo para que ela se entregasse, ao que ela respondia que preferia morrer. Ele, então, deu-lhe 14 facadas. Antes do último suspiro, ela perdoou seu agressor.

Santa Maria Goretti foi canonizada pelo papa Pio XII, em 1950. Seu assassino assistiu à canonização e, quando saiu da prisão, foi pedir perdão à mãe da santa e, depois, entrou para um convento de capuchinhos, onde permaneceu até sua morte.

Oração

Ó santa Maria Goretti, que confortada com a graça divina, com apenas doze anos, não duvidaste em derramar o sangue e sacrificar a vida em defesa da pureza virginal, ensinai a todos, mas especialmente à juventude, a coragem e a decisão de colocar acima de tudo, o amor à Cristo. Amando-o totalmente, tenhamos um verdadeiro horror ao pecado, possamos viver santamente nesta terra e conseguir a glória eterna na felicidade do paraíso. Amém.

São Mateus

Apóstolo, evangelista e mártir
Comemoração: 21 de setembro

São Mateus era arrecadador de impostos, cargo odiado pelos judeus, pois os impostos eram recolhidos para uma nação estrangeira. Os arrecadadores enriqueciam facilmente e essa ideia, certamente, atraía Mateus, mas depois que ele se encontrou com Jesus Cristo, deixou para sempre a ambição pelo dinheiro e dedicou-se completamente à salvação das almas.

Como Mateus trabalhava em Cafarnaum, cidade em que Jesus sempre estava e na qual operava milagres maravilhosos, ele já tinha ouvido falar desse mestre e até sentia curiosidade em conhecê-lo. Mas, um dia, inesperadamente, Jesus apareceu em seu escritório e fez-lhe uma proposta inesperada: "Vem, siga-me".

Mateus aceitou o convite sem questionar. Renunciou a seu emprego e ofereceu um grande almoço de despedida a seus amigos. Nesse almoço, foram também Jesus e seus apóstolos. Os fariseus protestaram por Jesus comer com arrecadadores de impostos, mas ele lhes respondeu: "Quem está saudável não precisa de médico, mas sim os que estão doentes. Eu não vim buscar santos, mas pecadores, e salvar o que estava perdido".

Desde então, Mateus seguiu ao lado de Jesus, presenciando seus milagres, ouvindo seus sermões, pregando, catequizando e organizando as multidões que se avolumavam para ouvir o profeta de Nazaré.

Jesus nomeou Mateus como um de seus 12 preferidos, aos quais chamou de apóstolos e, no Pentecostes, ele recebeu o Espírito Santo na forma de línguas de fogo. Os judeus lhe deram 39 chicotadas por ele pregar que Jesus tinha ressuscitado. E quando eclodiu a terrível perseguição contra os cristãos em Jerusalém, Mateus foi evangelizar em outras terras. Dizem que pregou na Etiópia, onde morreu martirizado.

O Evangelho segundo São Mateus é um livro pequeno, de apenas 28 capítulos, que tem encantado pregadores e catequizadores de todos os continentes há mais de 20 séculos. Em seu evangelho, ele transcreve os mais famosos sermões de Jesus, como o Sermão da Montanha e o Sermão das Parábolas, narra milagres interessantes e descreve de modo impressionante a Paixão e a Morte de Jesus. E termina contando sobre sua ressurreição gloriosa. O objetivo do evangelho de São Mateus era provar que Jesus Cristo é sim o Messias, o Salvador anunciado pelos profetas do Antigo Testamento. Foi um livro escrito especialmente para os judeus que se convertiam ao cristianismo e foi redigido em aramaico.

Oração

São Mateus que deixastes a riqueza para seguir com entusiasmo o chamado do Mestre, fazendo da pobreza um hino de louvor a Jesus, intercedei por mim, que me encontro em aflição. Vós que ouvistes do Mestre as palavras: "Não ajunteis para vós os tesouros da terra, onde a traça e o caruncho os destroem, e onde os ladrões arrombam e roubam, mas ajuntai para vós os tesouros dos céus! Ensinai-me, ó São Mateus, o verdadeiro valor das coisas terrenas e não permiti que a ganância e a soberba dirijam meus atos. Protegei o que é meu e de minha família da ganância e do alcance alheio, para que as minhas posses não lhes causem cobiça nem ensejem atos ilícitos desvairados. Ensinai-me por fim, a ajuntar tesouros no céu e a servir a Deus e não ao dinheiro. Amém.

São Matias

Apóstolo

Comemoração: 14 de maio

Matias é um apóstolo póstumo, que foi escolhido pelos outros apóstolos depois da morte e ascensão de Jesus para ocupar o lugar de Judas Iscariotis, que se enforcou.

São Matias foi um apóstolo que não brilhou de modo especial. Foi apenas um discípulo fiel como tantos outros. E é muito animador que haja santos assim, pois isso prova que a santidade não é restrita a personagens brilhantes, mas também é possível a pessoas comuns, desde que cumpram seus deveres e tenham muito amor a Deus.

Uma antiga tradição conta que São Matias morreu crucificado. Ele é representado com uma cruz de madeira na mão e os carpinteiros lhe guardam especial devoção.

Oração

São Matias,és agora testemunha do Senhor, como apóstolo chamado em lugar do traidor. Do perdão de Deus descrendo, Judas veio a se enforcar; como o salmo anunciara, passe a outro o seu lugar. Por proposta de São Pedro, que preside a reunião, lançam sorte, e eis teu nome! Quão sublime vocação! E a tal ponto te consagras em levar ao mundo a luz, que proclamas com teu sangue o evangelho de Jesus. Dá que todos nesta vida percorramos com amor o caminho revelado pela graça do Senhor. Uno e Trino, Deus derrame sobre nós a sua luz; conquistemos a coroa, abraçando a nossa cruz!

Santa Mônica

Viúva

Comemoração: 27 de agosto

Santa Mônica casou-se com um pagão de temperamento violento que se aborrecia com suas orações. O casal teve três filhos: Agostinho, Navigius e Perpétua — nenhum deles foi batizado enquanto pequeno. Seu marido converteu-se pouco antes de morrer e ela decidiu não se casar novamente.

Nesse ínterim, Agostinho vai estudar em Cartago e, quando volta para casa, levanta proposições heréticas e sua mãe o expulsa, mas volta atrás. Depois, Agostinho viaja escondido para Roma e ela o segue, mas quando chega, seu filho já havia partido para Milão. Ela vai atrás dele. Em Milão, conhece o bispo santo Ambrósio, que contribui para a conversão de santo Agostinho, que é batizado no ano seguinte, na igreja de São João Batista, em Milão. Na viagem de volta, ela morre em Ostia, perto de Roma, onde é enterrada.

O culto a santa Mônica começou no século XIII, sendo marcado o dia 4 de maio (véspera da conversão de seu filho) para as festas em sua homenagem, mas o Ofício de Santa Mônica só entrou no Breviário Romano no século XVI. Depois, em 1850, foi criada uma associação de mães cristãs com o patronato de santa Mônica, com o objetivo de fazer orações mútuas por maridos e filhos.

Oração

(para pedir a conversão de um filho)

Ó santa Mônica, que pela oração e pelas lágrimas alcançastes de Deus a conversão de vosso filho transviado, depois santo, santo Agostinho, olhai para o meu coração, amargurado pelo comportamento do meu filho desobediente, rebelde e inconformado, que tantos dissabores causou ao meu coração e a toda a família. Que vossas orações se juntem com as minhas, para comover o bom Deus, a fim de que ele faça meu filho entrar em si e voltar ao bom ca-

minho. Santa Mônica, fazei que o Pai do céu chame de volta à casa paterna o filho pródigo. Dai-me esta alegria e eu serei sempre agradecido(a). Santo Agostinho, rogai por nós. Santa Mônica, atendei-me. Amém.

Santa Paulina do Coração Agonizante de Jesus

Comemoração: 9 de julho

Com o nome de Amabile Lucia Visitainer, madre Paulina nasceu na região de Trento, na Itália, em 1865, e aos 10 anos de idade mudou-se com a família para o Brasil, indo morar em Vígolo, Santa Catarina.

Aos 22 anos ficou órfã de mãe e tornou-se responsável pelos cuidados com o pai e os irmãos.

Conta-se que seu trabalho de caridade se iniciou quando ela tomou a seus cuidados uma mulher gravemente enferma, que não tinha quem cuidasse dela. Então, Amabile e Virgínia, sua amiga, levaram a doente para um casebre perto da igreja, onde havia um quadro de São Jorge na parede. E assim surgiu a Congregação das Irmãzinhas da Imaculada Conceição.

Foi nesse casebre que Amabile e suas amigas começaram a cuidar de enfermos com grande devoção. Quatro anos depois, mudaram-se para Nova Trento, para poder aumentar sua ação, e, no ano seguinte, receberam a bênção do bispo de Curitiba, quando puderam receber os votos e trocar de nome. Então, Amabile passou a ser irmã Paulina do Coração Agonizante de Jesus e foi escolhida para ser a superiora geral da Congregação.

Tempos depois, o padre Luigi Rossi, de Nova Trento, foi transferido para São Paulo e levou as Irmãzinhas para ajudar a cuidar de negros ex-escravos. Elas, então, passaram a dirigir hospitais e asilos. Todavia, por intransigência da benfeitora do asilo dirigido por irmã Paulina, que tinha prestígio junto à cúpula da igreja, ela foi destituída do cargo de diretora e transferida para a Santa Casa de Bragança Paulista, onde viveu por dez anos. Sua volta a São Paulo deu-se apenas quando estava sendo escrita a história da Congregação e ela foi chamada para servir como fonte histórica. Desde então, permaneceu na sede da Congregação até a sua morte.

Diabética, madre Paulina teve de amputar o dedo médio da mão direita e, posteriormente, todo o braço. Mas, diante desse infortúnio, ela dizia: «Primeiro, Jesus me pediu o dedo; depois, o braço... Mas eu sou toda dele, por que negar?».

Madre Paulina morreu cega aos 76 anos. Recebeu o Decreto de Louvor por sua obra pelo papa Pio XI e foi canonizada pelo papa João Paulo II, tornando-se a primeira santa brasileira.

Oração

Ó madre Paulina, tu que puseste toda a tua confiança no Pai e em Jesus Cristo, e que inspirada por Maria te decidiste ajudar o teu povo sofrido, nós te confiamos a Igreja que tanto amas, nossas vidas, nossas famílias, os religiosos e todo o povo de Deus. [Pede-se a graça]. *Madre Paulina, interceda por nós junto ao Pai, a fim de que tenhamos a coragem de lutar sempre na conquista de um mundo mais humano, justo e fraterno. Amém.*

São Paulo

Apóstolo

Comemoração: 29 de junho

São Paulo nasceu em Tarso, na Ásia Menor, cerca de 15 anos depois do nascimento de Jesus Cristo. Seu nome era Saulo. Ele era de família judia, da seita dos fariseus, e foi educado com muito rigor. Falava grego fluentemente, e isso, depois, ajudou-o em suas pregações.

Quando jovem, Saulo foi a Jerusalém especializar-se no estudo da Bíblia; porém, nunca esteve na Palestina durante a vida pública de Jesus, por isso não o conheceu pessoalmente. Depois da morte de Jesus, ele voltou a Jerusalém, e como o número de seguidores de Cristo tinham aumentado, ele e outros judeus começaram uma feroz perseguição contra os cristãos. O primeiro a sucumbir nesse embate foi santo Estevan, que morreu rezando por seus perseguidores.

Saulo foi para Damasco com ordens para prender e levar a Jerusalém os seguidores de Jesus, mas, no caminho, uma forte luz derrubou-o do cavalo e uma voz lhe disse: «Saulo, Saulo, por que me persegues?» E quando perguntou quem lhe falava, a voz respondeu: «Eu sou Jesus, aquele que persegues». Saulo, então, perguntou o que deveria fazer, e Jesus lhe disse: «Vá até Damasco que lá eu lhe indicarei o que fazer». Saulo ficou cego e assim se manteve por três dias. Chegando a Damasco, um discípulo de Jesus o instruiu e o batizou e, então, ele recuperou a visão.

Desse momento em diante, ele deixou de ser fariseu e tornou-se um apóstolo cristão.

Oração

Ó São Paulo, vós que cumprindo a vontade de Deus, manifestada por vozes de anjos, de espada em punho, vos lançastes na luta por Deus e pelo povo hebreu e gentio, ajudai-me a perceber no meu íntimo, as aspirações de Deus. Com o auxílio da vossa espada, fa-

zei recuar os meus inimigos que atentam contra a minha fé e a minha pátria. São Paulo, ajudai-me a vencer as dificuldades no lar, no emprego, no estudo e na vida diária. Que nem opressões, nem ameaças e nem processos me obriguem a recuar, quando estou com a razão e a verdade. São Paulo, iluminai-me, guiai-me, fortalecei-me, defendei-me. Amém.

São Pedro

Apóstolo e primeiro pontífice
Comemoração: 29 de junho

Pedro, o pescador da Galileia, foi escolhido por Jesus para ser o primeiro apóstolo, e chamava-se Simão. No primeiro encontro que tiveram, Jesus olhou para ele e disse: "Tu és Simão, filho de Jonas; serás chamado 'Cefas', que quer dizer Pedro, isto é, pedra". (Jo 1,42). Essa mudança de nome é significativa e a explicação encontra-se nas palavras de Jesus: "... tu és Pedro e sobre esta pedra edificarei a minha Igreja e as portas do inferno não prevalecerão contra ela. Dar-te-ei as chaves do reino dos céus; tudo que ligares na terra, será ligado nos céus; e tudo que desligares na terra será desligado nos céus". (Mt. 16, 18). Com isso, Jesus quis dizer que Pedro era a rocha inabalável que serviria de fundamento para a sua Igreja. E o instituiu pastor de seu rebanho. Os apóstolos reconheceram Pedro como o chefe da Igreja, como o primeiro pontífice.

Depois da ascensão de Jesus Cristo, na festa de Pentecostes, Pedro tomou a palavra e falou com tamanho poder que naquele mesmo dia três mil judeus pediram o batismo. Ele fez muitos milagres para confirmar a fé que pregava, ordenou sacerdotes e sagrou bispos. Fixou residência em Antioquia, onde permaneceu durante sete anos. Preso por ordem de Herodes, em Jerusalém, foi libertado da prisão por um anjo.

Logo depois, quando Nero atiçava as paixões contra os cristãos, Pedro foi preso e levado ao cárcere mamertino, onde se achava também São Paulo. A prisão durou oito meses e, nesse período, São Pedro converteu os carcereiros Martiniano e Processo, que acabaram sendo martirizados com outros 48 cristãos-novos.

Condenado à morte, São Pedro, assim como Jesus, foi cruelmente açoitado e levado à colina vaticana para ser crucificado. Mas, na hora da execução, Pedro pediu a seus algozes que o pregassem na cruz com a cabeça para baixo, porque se achava indigno de morrer como Jesus morrera.

Mais tarde, no lugar onde ocorreu o suplício de São Pedro, foi edificada a Basílica de São Pedro, que guarda seus restos mortais.

Oração

Gloriosíssimo São Pedro, creio que vós sois o fundamento da Igreja, o pastor universal de todos os fiéis, o depositário das chaves do céu, o verdadeiro vigário de Jesus Cristo; e eu me glorio de ser vossa ovelha, vosso súdito e filho. Uma graça vos peço com toda a minha alma: guardai-me sempre unido a vós e fazei que, antes, me seja arrancado do peito o coração do que o amor e plena submissão que vos devo nos vossos sucessores, os pontífices romanos. Que eu viva e morra como filho vosso e filho da Santa Igreja Católica, Apostólica, Romana. Assim seja.

Santa Rita de Cássia

Viúva

Santa das causas impossíveis

Comemoração: 22 de maio

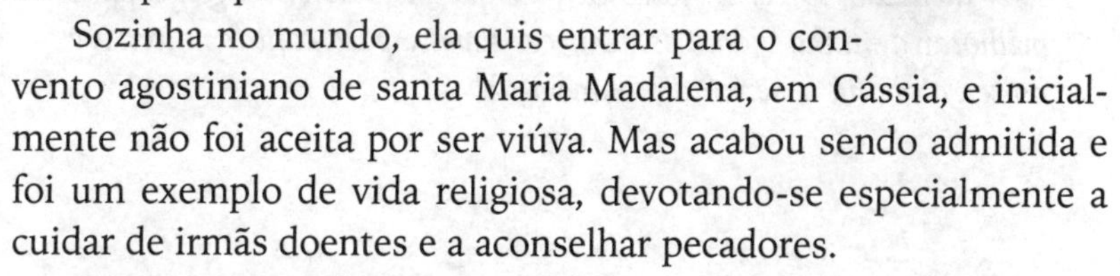

Desde criança, santa Rita de Cássia queria ser freira. Por obediência a seus pais, casou-se aos 12 anos com um homem violento, infiel e fanfarrão que, depois de 18 anos de casamento, foi assassinado. Os dois filhos do casal morreram na tentativa de vingar a morte do pai, apesar dos apelos da mãe para que não o fizessem.

Sozinha no mundo, ela quis entrar para o convento agostiniano de santa Maria Madalena, em Cássia, e inicialmente não foi aceita por ser viúva. Mas acabou sendo admitida e foi um exemplo de vida religiosa, devotando-se especialmente a cuidar de irmãs doentes e a aconselhar pecadores.

Certa vez, a madre superiora ordenou a santa Rita que regasse um ramo seco de uma videira. Depois de um ano cumprindo assiduamente o que lhe fora ordenado, aconteceu um milagre: aquele ramo seco recuperou o vigor e dele começaram a brotar cachos de uvas muito saborosas.

Tempos depois, já enferma, ela recebeu a visita de uma parenta e pediu-lhe uma rosa e alguns figos. Era inverno, e a parenta disse que não conseguiria atender-lhe o pedido. Então, Rita mandou-a ir ao jardinzinho de Rocca Porena, onde, apesar do gelo e da neve, tudo havia de encontrar. E assim aconteceu.

Santa Rita também meditou com tanta intensidade na Paixão de Cristo que lhe apareceu na testa uma ferida, como se fosse causada por uma coroa de espinhos, que permaneceu incurável por 15 anos.

Santa Rita faleceu de tuberculose no dia 22 de maio de 1457 e foi beatificada em 1626 pelo papa Urbano VIII. Na Espanha, recebeu o título de “Santa das Causas Impossíveis”. Foi canonizada em 24 de Maio de 1900 por Leão XII. Seu corpo, incorrupto, encontra-se em uma basílica, em Cássia.

Seu culto é dos mais populares no mundo inteiro e, além dos casos impossíveis, também se pede sua intercessão por mães e esposas maltratadas pelos maridos.

Oração

Ó poderosa e gloriosa santa Rita, chamada santa dos impossíveis, advogada dos casos desesperados, auxiliadora da última hora, refúgio e abrigo da dor que arrasta para o abismo do pecado e da desesperação, com toda a confiança no vosso poder junto ao Coração Sagrado de Jesus, a vós recorro no caso difícil e imprevisto, que dolorosamente oprime o meu coração. Obtende-me a graça que desejo, pois, sendo-me necessária a quero. Apresentada por vós a minha oração, o meu pedido, por vós que sois tão amada por Deus, certamente serei atendido. Dizei a Nosso Senhor que me valerei da graça para melhorar a minha vida e os meus costumes e para cantar na terra e no céu a divina misericórdia. Amém.

São Sebastião

Mártir
Padroeiro dos arqueiros, dos soldados e dos atletas
Comemoração: 20 de janeiro

Antigos documentos relatam que São Sebastião era capitão da guarda no Palácio Imperial, em Roma, e valia-se do cargo para ajudar aos cristãos perseguidos. Conta-se que, certa vez, um mártir estava muito triste por causa do sofrimento de seus familiares, mas Sebastião animou-o a oferecer sua vida a Jesus Cristo e, assim, o martírio daquele crente foi glorificado.

Um dia, Sebastião foi denunciado ao imperador Maximino por ser cristão. Este o chamou e lhe propôs o seguinte: deixar de ser cristão e subir de posto no exército ou continuar crendo em Cristo,destituir-se de seu cargo e ser atravessado por flechas. Mas São Sebastião não teve medo e preferiu continuar seguindo Cristo até o último instante de sua vida. Então, por ordem do imperador, ele teve seu corpo atravessado por flechas.

Em Roma, construíram uma basílica em sua homenagem. Há séculos, São Sebastião tem sido invocado como padroeiro contra flechas envenenadas e contra pragas e enfermidades. Santo Ambrósio pronunciou belíssimos sermões a respeito de São Sebastião.

Oração

Glorioso mártir São Sebastião, soldado de Cristo e exemplo de cristão, vimos pedir vossa intercessão junto ao trono do Senhor Jesus, nosso Salvador, por quem destes a vida. Vós que vivestes a fé e perseverastes até o fim, pedi a Jesus por nós para que sejamos testemunhas do amor de Deus. Vós que esperastes com firmeza nas palavras de Jesus, pedi a Ele por nós para que aumente nossa esperança na ressurreição. Vós que vivestes a caridade para com os irmãos, pedi a Jesus para que aumente nosso amor para com todos. Enfim, glorioso mártir São Sebastião, protegei-nos contra a peste, a fome e a guerra; defendei nossas plantações e nossos rebanhos que são dons de Deus para o nosso bem, para o bem de todos. E defendei-nos do pecado que é o maior mal, causador de todos os outros. Assim seja.

São Silvestre

Papa

Comemoração: 31 de dezembro

São Silvestre tornou-se conhecido porque foi durante o seu pontificado que o imperador Constantino decretou plena liberdade para a prática da religião de Jesus Cristo em todo o mundo, pondo fim às perseguições. Além disso, o imperador presenteou São Silvestre com o palácio de Letrán, em Roma. Desde então, ali passou a ser a residência dos pontífices. E São Silvestre também conseguiu construir, com a ajuda do governo e dos fiéis, a antiga Basílica de São Pedro, no Vaticano, e a primeira Basílica de Letrán.

Dizem que São Silvestre teve a honra de dar o batismo a Constantino, o primeiro imperador a tornar-se cristão.

Foi durante o pontificado de São Silvestre que se reuniu o Concílio de Nicea, em 325, no qual os bispos de todo o mundo decidiram que apenas seriam católicos aqueles que acreditassem que Jesus Cristo é Deus. E, assim, compuseram o Credo, oração que rezamos até hoje.

O pontificado de São Silvestre durou 20 anos e transcorreu em meio a muita paz e total liberdade para a Igreja. Ele morreu no dia 31 de dezembro de 335, em idade muito avançada.

Oração

Deus, nosso Pai, hoje pedimos a São Silvestre que interceda a vós por nós! Perdoai as nossas faltas, o nosso pecado e dai-nos a graça da contínua conversão. Renovai as nossas esperanças, fortalecei a nossa fé, abri a nossa mente e os nossos corações, não nos deixeis acomodar em nossas posições conquistadas, mas, como povo peregrino, caminhemos sem cessar rumo aos novos céus e à nova terra a nós prometidos. Senhor, Deus nosso pai, que o vosso Espírito Santo, o dom de Jesus Ressuscitado, nos mova e nos faça clamar hoje e sempre «Abba! Pai!» Venha a nós o vosso reino de paz e de justiça. Renovai a face da Terra, criai no homem um coração novo!

Santa Teresa de Ávila

Virgem e doutora da Igreja
Comemoração: 15 de outubro

Teresa Sanchez Cepeda Davila y Ahumada, depois da morte de sua mãe e do casamento de sua irmã mais velha, foi enviada para estudar com as freiras agostinianas de Ávila, mas adoeceu e teve de voltar para casa. Viveu alguns anos em companhia de seu pai e, como este não concordava com a vida religiosa que a filha escolhera seguir, não por vocação mas por segurança, ela fugiu de casa para entrar no convento Carmelita da Encarnação de Ávila. Mas adoeceu outra vez, só se recuperando graças à intercessão de São José.

Com a saúde abalada, ela começou a rezar mentalmente, mas teve medo que isso não agradasse a Deus. Mas ele começou a aparecer para ela e a dar-lhe força e consolo em suas atribulações. Achando-se pecadora e indigna de tamanha graça, ela recorreu aos melhores confessores da época e a leigos, mas estes acreditavam que as visões de Teresa eram obra do demônio. E quanto mais ela se empenhava em resistir aos pecados, mais frequentemente Deus lhe aparecia. Todos na cidade sabiam das visões da freira que, posteriormente, foi orientada em seu caminho por dominicanos e jesuítas.

Nessa época aconteceram manifestações extraordinárias, como a transverberação de seu coração e o casamento místico. Mas, a visão do lugar destinado a ela no inferno fez com que buscasse uma vida ainda mais perfeita.

Depois de muitas dificuldades e oposições, ela fundou o convento das Carmelitas Descalças da Regra Primitiva de São José, em Ávila. Quatro anos depois, ela recebeu a visita do general das Carmelitas, que aprovou o convento e garantiu a fundação de outros conventos de frades e de freiras. No *Livro das Fundações* ela conta a história desses conventos, quase todos criados apesar da violenta oposição.

Após muitas dificuldades e perseguições, a província das Carmelitas Descalças foi aprovada e canonicamente estabelecida em 22 de junho de 1580. Santa Teresa, então idosa e doente, fez mais fundações. Ela faleceu em Alba de Torres, em 4 de outubro de 1542 (por causa das reformas no calendário, considera-se a data de sua morte 15 de outubro). Anos depois, seu corpo foi transferido para Ávila, mas depois foi reconduzido a Alba, onde se preserva incorrupto. Também o seu coração, com as marcas da transverberação, está exposto para adoração dos fiéis.

Santa Teresa de Ávila foi beatificada, em 1614, pelo papa Paulo V, canonizada em 1622 por Gregório XV, e proclamada doutora da Igreja em 1970 por João Paulo II.

Oração

Deixando teus pais, Teresa, quisestes aos mouros pregar, trazê-los todos à Cristo, ou teu sangue derramar. Pena porém mais suave o Esposo à ti reservou: tombares de amor ferida, ao dardo que te enviou. Acende, pois, nossas almas, na chama do eterno amor: jamais vejamos do inferno o fogo devorador. Louvamos contigo ao Filho, que ao trino Deus nos conduz, ele é o Jesus de Teresa, Tu Teresa de Jesus. Amém.

Santa Teresinha do Menino Jesus

Virgem
Padroeira das missões
Comemoração: l° de outubro

Nascida na França, em 1873, santa Teresinha do Menino Jesus e da Sagrada Face, santa Teresa de Lisieux ou apenas santa Teresinha entrou para o convento das carmelitas, na cidade de Lisieux, aos 15 anos. Depois de nove anos vivendo a mais intensa fé eclesiástica, descobriu-se que ela estava com tuberculose.

Santa Teresinha morreu no dia 1° de outubro de 1897. Ela dissera que uma chuva de rosas (bênçãos) cairia sobre a Terra após a sua morte e, realmente, os milagres logo começaram a acontecer, como a cura de um seminarista, em Lisieux, e a de uma religiosa, no Baixo Pireneus, por exemplo.

Inclinada à escrita, sua autobiografia revela a serenidade de sua alma e o respeito ao convite do evangelho, de se fazer pequeno como criança: «Eu havia me oferecido a Jesus Menino como um brinquedo, e lhe havia dito que se servisse de mim, não como uma coisa de luxo que as crianças se contentam em guardar, mas como uma pequena bola sem valor, que ele pudesse jogar na terra, empurrar com os pés, deixar em um canto ou também apertar contra o coração, quando isso lhe agradasse. Numa palavra, queria divertir ao Menino Jesus e abandonar-me aos seus caprichos infantis».

Por defender que a santidade pode ser alcançada por qualquer pessoa, assim como por seus milagres, santa Teresinha conquistou inúmeros devotos e seu culto tornou-se popular. Ela foi beatificada em 1923 e canonizada em 1925, sendo considerada a padroeira das missões, pela sua armadura espiritual.

Oração

Santa Teresinha, a vós recorremos em nossas trevas. Alcançai para nós, para a nossa pátria, as luzes do Divino Espírito Santo, para que todo o nosso íntimo seja luz e claridade, para que recebamos sempre os raios benéficos e esplêndidos de quem se apresentava ao mundo como a luz celeste. Santa Teresinha, rogai por nós. Amém.

São Valentim

Mártir

Comemoração: 14 de fevereiro

Encontra-se, na história, relatos da existência de três santos chamados Valentim, todos mártires e comemorados no dia 14 de fevereiro. Sabe-se que um deles foi um padre romano, que lutou contra a perseguição que o imperador Claudius II Gothicus fez contra todos que não venerassem deuses romanos, e morreu decapitado por volta do ano 270, em um dia 14 de fevereiro.

Nos Estados Unidos, o dia dos namorados é comemorado no dia de São Valentim, e isso tem origem em uma crença popular, da Inglaterra e da França, de que os pássaros começam a se acasalar na metade do segundo mês do ano.

Oração

Ó Jesus Cristo, Salvador nosso, que viestes ao mundo para o bem das almas dos homens, mas que fizestes tantos milagres para dar saúde ao corpo, que curastes cegos, surdos, mudos e paralíticos; que curastes o menino que sofria de ataques e caía na água e no fogo; que libertastes aquele que se escondia entre os túmulos do cemitério; que expulsastes os maus espíritos dos possessos que espumavam; peço-vos, por intermédio de São Valentim, a quem destes o poder de curar os que sofrem de desmaios e ataques, livrai-nos da epilepsia.

São Valentim, peço-vos especialmente que restituais a saúde a [nome do doente]. *Fortalecei-lhe a fé e a confiança. Dai-lhe coragem, ânimo e alegria nesta vida, para que possa render-vos graças a vós, São Valentim, e adorar a Cristo, o divino médico do corpo e da alma.*

São Valentim, rogai por nós.

São Vito

Mártir

Comemoração: 15 de junho

Filho de pais nobres e pagãos, Vito, ao nascer, foi entregue aos cuidados de Crescência. A ama, mulher virtuosa e cristã oculta, amamentou-o, deu-lhe os cuidados maternos e educou-o na fé cristã. E quando Vito cresceu, passou a ser cuidado por Modesto, esposo de Crescência. Homem honesto e sábio, Modesto foi o preceptor de Vito, que aceitou a fé cristã e quis ser batizado.

Ao saber do batismo do filho, o pai de Vito tentou fazê-lo renegar a sua fé, chegando mesmo a maltratá-lo, mas foi em vão. Nada fazia Vito afastar-se da fé cristã. Então, sem conseguir seus objetivos, o pai entregou o jovem ao imperador, que, depois de martirizá-lo, condenou Vito, Modesto e Crescência à morte.

Conta-se que, em meio aos maiores suplícios, eles clamavam ao céu, dizendo: "Ó, Senhor, livrai-nos pelo poder de vosso nome». E foram acolhidos por Deus em sua glória em 303. Vito tinha, então, 15 anos.

Oração

Ó glorioso São Vito, protegei nossas crianças, nossos jovens e nossas famílias. Defendei nossos lares contra toda má influência. Abençoai os trabalhadores. Fazei com que, imitando suas virtudes aqui na Terra, perseverantes no amor e na mansidão, possamos, como filhos e filhas de Deus, louvar convosco eternamente à Santíssima Trindade nos céus. Amém.

Anjos

São Gabriel Arcanjo

Anjo da encarnação
Mensageiro das boas notícias
Comemoração: 29 de setembro

São Gabriel é um dos poucos representantes da hoste celestial que são mencionados pelo nome na Bíblia. Ele é o anjo da encarnação e da consolação. Na tradição cristã, Gabriel sempre aparece como anjo do perdão, enquanto Miguel é o anjo julgador.

Gabriel foi o anjo escolhido para anunciar à Maria a encarnação do Filho de Deus e saudá-la com a oração que se tornou uma das mais repetidas pelos cristãos: «Ave Maria, cheia de graça; o Senhor é convosco, bendita sois vós entre as mulheres» (Lucas I, 28).

Como mensageiro de boas notícias, Gabriel e sua legião de anjos nos ajudam a dar bom rumo e direção à nossa vida, dando-nos compreensão e sabedoria quando a ele recorremos.

Oração I

Anjo da encarnação, fiel mensageiro de Deus, abri nossos ouvidos, até para as mais leves admoestações e toques da graça do coração amoroso de nosso Senhor. Permanecei sempre conosco, nós vos suplicamos para que compreendamos devidamente a Palavra de Deus, sigamos suas inspirações e, docilmente obedientes, cumpramos aquilo que Deus quer de nós. Fazei que sejamos sempre prontos e vigilantes, para que o Senhor, quando chegar, não nos encontre dormindo! São Gabriel Arcanjo, rogai por nós!

Oração II

Portador das boas novas, das mudanças, da sabedoria e da inteligência. Arcanjo da anunciação, trazei todos os dias mensagens boas e otimistas. Fazei com que eu também seja um mensageiro, proferindo somente palavras e atos de bondade e positivismo. Concedei--me o alcance de meus objetivos. Amém.

Oração III

São Gabriel, glorioso arcanjo, fortaleza de Deus, eu vos chamo e invoco para que me alcanceis a fortaleza para desprezar o mundo, vencer o demônio e dominar meus apetites até ao fim de minha vida. Amém.

São Miguel Arcanjo

Príncipe da milícia celeste
Comemoração: 29 de setembro

São Miguel é um dos principais representantes das hostes celestiais e um dos mais importantes aliados de Deus no eterno duelo entre o bem e o mal. Na Bíblia, ele é citado três vezes: no capítulo 12 do livro de Daniel, no capítulo 12 do livro do apocalipse e na carta de São Judas.

Cristãos de todo o mundo têm grande devoção por São Miguel Arcanjo, especialmente para pedir-lhe proteção contra as forças do mal.

Oração I

São Miguel Arcanjo, protegei-nos no combate e cobri-nos com vosso escudo contra os embustes e ciladas do demônio. Subjugue-o, Deus, instantemente pedimos e vós, príncipe da milícia celeste, pelo divino poder, precipitai no inferno a Satanás e aos outros espíritos malignos que andam pelo mundo para perder as almas. Amém.
São Miguel Arcanjo, rogai por nós!

Oração II

Príncipe guardião e guerreiro, defendei-me e protegei-me com vossa espada. Não permiti que nenhum mal me atinja. Protegei-me contra assaltos, roubos, acidentes, contra quaisquer atos de violência. Livrai-me de pessoas negativas. Espalhai vosso manto e vosso escudo de proteção em meu lar, meus filhos e familiares. Guardai meu trabalho, meus negócios e meus bens. Trazei a paz e a harmonia a nossas vidas. Amém.

Oração III

São Miguel, glorioso príncipe do céu, protetor das almas, eu vos chamo e invoco para que me livres de toda a adversidade e de todo o pecado, fazendo-me aproveitar no serviço de Deus e conseguindo dele a graça da perseverança final, que me faça gozá-la eternamente. Amém.

Ladainha de São Miguel

Senhor, tende piedade de nós. Jesus Cristo, tende piedade de nós.
Senhor, tende piedade de nós.
Jesus Cristo, ouvi-nos.
Jesus Cristo, atendei-nos.
Pai celeste que sois Deus, tende piedade de nós.
Filho redentor do mundo que sois Deus, tende piedade de nós.
Espírito Santo que sois Deus, tende piedade de nós.
Santíssima Trindade que sois um só Deus, tende piedade de nós.
Santa Maria, rainha dos anjos, rogai por nós.
São Miguel, rogai por nós.
São Miguel, cheio de graça de Deus, rogai por nós.
São Miguel, perfeito adorador do Verbo Divino, rogai por nós.
São Miguel, coroado de honra e de glória, rogai por nós.
São Miguel, poderosíssimo príncipe dos exércitos do Senhor, rogai por nós.
São Miguel, porta e estandarte da Santíssima Trindade, rogai por nós.
São Miguel, guardião do paraíso, rogai por nós.
São Miguel, guia e consolador do povo israelita, rogai por nós.
São Miguel, esplendor e fortaleza da Igreja militante, rogai por nós.
São Miguel, honra e alegria da Igreja triunfante, rogai por nós.
São Miguel, luz dos anjos, rogai por nós.
São Miguel, baluarte da verdadeira fé, rogai por nós.
São Miguel, força daqueles que combatem pelo estandarte da Cruz, rogai por nós.
São Miguel, luz e confiança das almas no último momento da vida, rogai por nós.
São Miguel, socorro muito certo, rogai por nós.
São Miguel, nosso auxílio em todas as adversidades, rogai por nós.
São Miguel, mensageiro da sentença eterna, rogai por nós.
São Miguel, consolador das almas do purgatório, vós a quem o Senhor incumbiu de receber as almas depois da morte, rogai por nós.
São Miguel, nosso príncipe, rogai por nós.
São Miguel, nosso advogado, rogai por nós.
Cordeiro de Deus que tirais o pecado do mundo, perdoai-nos Senhor. Cordeiro de Deus que tirais o pecado do mundo, ouvi-nos Senhor. Cordeiro de Deus que tirais o pecado do mundo, tende piedade de nós, Senhor.

Jesus Cristo, ouvi-nos.
Jesus Cristo, atendei-nos.
Rogai por nós, glorioso São Miguel,
Príncipe da Igreja de Jesus Cristo.
Para que sejamos dignos das suas promessas. Amém
Senhor Jesus Cristo, santificai-nos por uma bênção sempre nova e concedei-nos, por intercessão de São Miguel, a sabedoria que nos ensina ajuntar riquezas no céu e a trocar os bens do tempo presente pelos bens eternos. Vós que viveis e reinais por todos os séculos dos séculos. Amém.

São Rafael Arcanjo

Arcanjo da cura
Guardião da saúde física e espiritual
Comemoração: 29 de setembro

Representante das hostes celestiais, São Rafael tem como principal função ajudar na cura dos doentes. Além de influenciar sobre a saúde física dos seres humanos, esse arcanjo também age sobre o aspecto espiritual, procurando confortar as pessoas nas horas de desespero e acalmá-las em seu sofrimento. Além disso, também é o responsável e guardião dos talentos criativos.

Na Bíblia sagrada, Rafael é citado no livro de Tobias, no Antigo Testamento, como o arcanjo enviado por Deus para curar-lhe a cegueira e acompanhá-lo numa longa e perigosa viagem em busca de uma esposa.

São Rafael é padroeiro dos cegos, dos médicos, dos farmacêuticos, dos encontros felizes, do amor, das enfermeiras, dos viajantes e dos jovens.

Oração I

Guardião da saúde e da cura, peço que vossos raios curativos desçam sobre mim, dando-me saúde e cura. Guardai meus corpos físico e mental, livrando-me de todas as doenças. Expandi vossa beleza curativa em meu lar, meus filhos e familiares, no trabalho que executo, para as pessoas com quem convivo diariamente. Afastai a discórdia e ajudai-me a superar conflitos. Arcanjo Rafael, transformai a minha alma e o meu ser para que eu possa sempre refletir a vossa luz. Que assim seja. São Rafael Arcanjo, rogai por nós!

Oração II

São Rafael, glorioso arcanjo, medicina de Deus, eu vos chamo e invoco para que cureis toda a cegueira e todas as enfermidades de minha alma, ajudando-me a fugir dos pecados que me causam tantos males. Amém.

PUBLISHER
Kaíke Nanne

EDITORA EXECUTIVA
Carolina Chagas

COORDENAÇÃO DE PRODUÇÃO
Thalita Aragão Ramalho

EDIÇÃO DE TEXTO
Sandra Scapin

REVISÃO
Regina de Oliveira

PROJETO GRÁFICO DE MIOLO
Lúcio Nöthlich Pimentel

PROJETO GRÁFICO DE CAPA
Rita da Costa Aguiar

Este livro foi composto em IowanOld 10.5/14 e impresso
pela Assahi em papel Offset 63g/m² para a Petra Editora em 2015.